Bjorn le morphir

2

英雄比约

[比] 托马斯·拉瓦谢里 著　余轶 译

地狱之门

长江出版传媒　｜　长江少年儿童出版社

柯迪

皇家骑兵团成员、才华横溢的诗人。他的招牌形象是有一头俊美的红头发。英勇善战、嫉恶如仇，多愁善感、心思细腻。10岁儿子遭遇海难而死是他一生的伤痛。

比约

曾经像根葱一样瘦弱，沉默寡言、羞怯胆小，不喜欢武器和打斗。在生死存亡的磨难中，身体和性格发生突变和升华，成长为高贵仁慈、神勇无敌的英雄莫菲尔。九死一生，完成命定的使命。

玛玛菲嘉

地狱女王，掌控着地狱之火。她残暴、阴险、邪恶，但她对诗歌有高超的鉴赏力。她是超阴之身无法生育，所以胁迫阿哈德国王献出长子斯望。她视斯望为珍宝，将他藏在地狱的第六层。她等待着比约前来，并预言"你我必有一方消亡"！

达尔

王子，整个王国第一美男子，具有超能力。嗜杀成性的狼人，为了获得王位不择手段。是比约一生中最强劲的对手。他的女朋友美女朵蒂也是狼人。

西格丽德

比约的未婚妻。敢爱敢恨的金发美眉。大胆追求自己的爱情，坚决追随自己爱的人出生入死，并要获得属于自己的一份荣耀。是比约生命中的女神。

西格丽德张弓激射，命中巫蛊龙腹内仿佛长着眼睛的大肉塞！

前情回顾

长篇小说《英雄比约》系列记载的是发生在公元 11 世纪的故事，是迄今为止唯一的一部维京人自传。

《地狱之门》是本系列的第二部。在第一部《谁是莫菲尔》中，比约给我们讲述了他如何从一个羸弱而胆怯的小男孩变为一名优秀的战士，化身为众多英雄中的精英——"莫菲尔"。

那是 1065 年的冬天，邪恶的冰雪魔头为了获取永恒生命而妄图吞噬人类灵魂，暴雪持续了半年之久，覆盖了比约的家乡朗卡山谷，将比约全家围困在祖传的老屋里。比约家的牧羊人被雪球击中后性情大变，老厨娘吞吃了雪之后发疯直至惨死。幽灵雪怪破墙而入，先后将比约的父亲和哥哥击倒在地，然后重伤勇士笛奇。比约孤军奋战，最终将凶猛的雪怪置于死地。然而，暴雪旋即攻破了比约家的老屋，在房屋彻底崩塌之前的一秒钟，比约带领全家逃入地下暗道。

被深深堵在地底的日子同样度日如年，绝境求生是对人的意志力、耐力和生存技能的最大考验！在杳无生还可能的时刻，比约率领哥哥居纳、已经私定终身的未婚妻西格丽德、勇士笛奇，跟随回游的陆鲑鱼，从地底暗流重返地面。然而地面上依旧凶途重重，比约大战恐怖的嗜尸蝴蝶、具有超能力的狼人达尔王子，最终拯救全家死里逃生。

1066 年 5 月，比约与他的金发女友西格丽德举行了订婚仪式。白狼季祖带来了国王阿哈德的手谕："我等着你，我的莫菲尔！"国王要比约信守承诺，执行一项神秘的任务……

—— 谨以此书献给亲爱的娜塔莉

"莫菲尔"是指北欧一类最鲜见的英雄人物，是站在金字塔尖的英雄之中的精英。莫菲尔与通常意义上的英雄不同，他们的性格和体能要经历"突变"，即：一直以来，他们沉默寡言、弱不禁风、胆小怯懦；但是某一天，他们会突然转变和"升华"，成为盖世无双、无与伦比的圣斗士。

——题记

主要人物表

比　约	本书第一主人公，14岁，莫菲尔
居　纳	比约的哥哥
西格丽德	比约的未婚妻
埃里克	比约的父亲，王国著名的武士、领主
柯　迪	皇家骑兵团成员、武士、诗人
斯瓦托	半伊霍格瓦人，武器测试专家
阿哈德	国王
达　尔	国王的二儿子，狼人
斯　望	国王的长子
朵　蒂	达尔王子的女友，狼人
达夫尼	幼龙，阿哈德赠给比约的礼物
无　敌	奇妙战龙，达尔王子的秘密武器
希奥古	比约的爷爷，幽灵
玛玛菲嘉	地狱女王
达琪二世	小母羊，比约团队的成员
于吉尼	会说话的乌鸦，阿哈德的宠物，泄密者

目 录

第 1 章

过家门而不入

我在一片小山丘上停下来了。在号称"平原之省"的吉弗约，这样的小山丘并不多见。同行人很快跟过来，也停下脚步，向我投来好奇的目光。

"这里就是阿韦尔，我的家乡。"

距我们约一百米的前方，我家的房子像一只熟睡的乌龟，安静地栖息在小岛上。

耳畔传来小河汩汩的流水声，一只山羊（也可能是绵羊）的蹄声在布满石块的路面上回荡。四周一片安宁，深沉的安宁。

尽管如此，我还是注意到，通往家里的小吊桥不见了。定睛一看，小岛四周的水面上，立起一圈带有尖刺的篱笆，把房屋围了个严严实实，轻易不得入内。这篱笆应该是在我离家时筑成的。

眼下正是战争时期，敌人随时可能出现，阿韦尔当地居民的谨慎之情不言而喻。其实，我比他们更紧张，因为我生命中最重要的人都在这里：未婚妻西格丽德，父母，哥哥，妹妹，以及家里的仆人和朋友。当然，还有我的小宠物龙达夫尼，它这会儿应该正在我房间里呼呼大睡吧！

"走吧！"我的声音饱含不舍。

阿韦尔在我们身后渐行渐远。此行的目的地是科依，一个居住着非人类的城市。

我们沉默地骑行着。绿草青葱的平原在我们脚下延展开来，仿佛一片平静的大海，无边无际；几只红色的小鹰隼在空中盘旋，四处猎食老鼠。吃饱了的则停在石头上，满足的叫声穿透黑夜。

"我很少见到这么多鹰隼。"同行人说。

我点点头，表示同意。

快到科依时，一道高达六米的城墙赫然出现在眼前，令我大吃一惊。城墙是新筑成的，一道威严的大门构成入城的唯一通道，门上装饰着长有利牙的头颅石雕。

我正要用匕首柄敲门，两个身影出现在城墙上：一个身形高大，戴着古怪的黑色尖顶头盔；另一个身材矮小，几乎要被他缠着的头巾遮住。

"是个伊霍格瓦人。"我悄悄地提示同行人。

"你说的是哪个？戴头盔的还是缠头巾的？"

"缠头巾的。"

伊霍格瓦人都是黄皮肤，小眼睛，他们没有指甲，也没有头发，所以总爱戴着头巾。他们拿一块又长又脏的布往身上一裹就算是衣服，远远看去，伊霍格瓦人简直就像满大街跑的抹布。

"我敢打赌，另外一个肯定是托尔人。"同行人说，"我在这儿就能闻到他身上的气味。"

"来者何人？"那个伊霍格瓦居高临下地盘问。

"来则（者）何人？"黑头盔跟着学样。

这发音证实了我们的猜想：黑头盔果然是个托尔人。

"在下埃里克之子，比约。"我心平气和地回答。

"阿韦尔的比约？"伊霍格瓦问。

"正是。"

两个门卫不见了，只听得一阵轻轻的议论声。我本以为他们会很快为我们把门打开，可我的希望落空了——黑头盔和大头巾又从城墙上冒了出来：

"另外那个呢，似碎（是谁）？"托尔人问道，手里还打着一个灯笼。在这明亮如昼的夏夜，他的灯笼显得很多余。

同行人向前几步，头发在灯笼的照耀下闪着红光。

"我乃红头发柯迪，皇室骑兵团成员。快给我把门打开，这是命令！"

可惜这道命令没啥实效。

"我们与军械师贝诺克有约，"我声明，"我需要一把好剑。"

"真巧，贝诺克是我表兄！"伊霍格瓦说，"我妈那边的。"

"很好。"柯迪有些火了，压低嗓音说，"开门！"

两颗脑袋再次消失。一阵沉静之后，响起了他们轻微的议论声，像是在争吵。

突然，伊霍格瓦又冒出来，好像从盒子里蹿出的魔鬼。

"贝诺克是大骗子！"他撕心裂肺地喊，"是小偷！你偷走了我心爱的未婚妻！她爱的明明是我，你却用吉他和媚笑把她骗走了。算你狠！你这个采花大盗！滚！"

有些伊霍格瓦就是这毛病——你跟他好好地说一件事，他却突然大脑短路，跟你扯起另一件事来；你跟他提一个人的名字，他瞬间就把你当作那个人；如果那人恰好与他不和——伊霍格瓦总是树敌众多——他就劈头盖脸地把你骂得跟死鱼一样臭。

"你恬不知耻！"矮个儿门卫用他那老鼠般的眼睛恶狠狠地看着我。

接着，他开始不停地向我扔石头。那石头大得能打晕一头熊。托尔人慌忙跑过去制止他。

"又来了！可千万不楞（能）在他面前提他表兄的名字！"

"见鬼去吧，贝诺克！去地狱里烤一烤，烤成大叉烧！到时候我准去玛玛菲嘉那儿买张票，参观你是怎么变叉烧的！"

玛玛菲嘉——地狱女王的名字，令我周身打了一个寒颤。

高大的托尔人费了好大劲，才让他那矮冬瓜同事冷静下来。这场景，要是换了平时，我早就笑趴下了。可眼下情况紧急，我又疲惫不堪，恨不得会穿墙术，立刻进入这座该死的科依城。一旁的柯迪显然也怒不可遏，他狠狠拉了一把缰绳，胯下的巨马"咴"地扬蹄奋起，马掌重重地落在城门上；门，竟然出人意料地大敞开来。可能两个门卫根本就没关门，至少没关好。

我们慢慢地走进城去。四下，一些房屋亮起灯，也许是被刚才的巨响惊醒了。

"见鬼去吧！大叉烧！"身后，伊霍格瓦还在大喊大叫。

"够了！楞（冷）静一下！"

紧接着，传来"嘭"的一声，估计是托尔人把他那叽里呱啦的同事打晕了。

"干得漂亮！"柯迪转身做了个告别的动作。

我们穿梭于北方小城昏暗的街巷里。这里住的大都是匠人，周遭一片宁静，空气中弥漫着混杂的气息：皮革的焦味，树脂、硫磺的气味……许多屋顶上有或黑或白的浓烟腾起，竖着耳朵听，还能觉察出低沉的轰鸣声。某些地方，地面轻轻地震动着。

"这些人家里都在忙什么呢？"柯迪好奇地问，"难不成是魔鬼作坊？"

"是作坊就对了。"我在一幢有着七级台阶，高如百年之松的房子跟前，立马驻足。

伊霍格瓦人贝诺克——当地乃至全世界最好的军械师，就住在这里。

第 2 章

伊霍格瓦之家

我曾像珍惜自己的眼珠一样，珍惜我的宝剑"小尖牙"。它是父亲送给我的礼物，曾与我共同应对雪怪的挑战，陪伴我——用阿哈德国王的话说——"给达尔王子上了一堂剑术课"。要知道，达尔王子可是同辈中数一数二的战士。

小尖牙作为最骁勇的兵器之一，经受了无数可怕的考验。可就在 1066 年 7 月 7 日——我记得很清楚——它被一折为二。当时，我正和哥哥居纳进行战事训练。

"简子（直）难以自（置）信！"听闻小尖牙断掉的消息，我的半托尔好友笛奇惊讶得叫出声来。

"奇怪。"父亲也这么说。

当天，我就把小尖牙带到科依城，请贝诺克修复。

"花多少钱都无所谓，"我强调，"只要能修好！"

"为什么不换一把呢？"贝诺克问，"你是一个了不起的战士，比约，应该佩带更好的宝剑。"

"我只要小尖牙。其他一概免谈。"

"好吧，顾客就是上帝。一个月后来取。"

挨过了难熬的一个月，我再次站在军械师家门前。开门的正是他本人。

"我正等你呢，比约。"

贝诺克的声音很柔和，这在伊霍格瓦人中十分少见。他着装得体，一件黑色的丝绸服，一条暗色的天鹅绒裤，比当下伊霍格瓦人的流行服饰更显简洁。

"是你啊，贝诺克。"柯迪连"你好"都省略了，"门口有个自称是你表兄的人，恕我直言，可真是个疯子！他把比约当成你，臭骂了一顿不说，还朝我们扔石头，天晓得是怎么回事！这就是你们欢迎来客的方式吗？"

"他恨我，因为我娶走了他最爱的人。"贝诺克解释道，"他也够可怜的。"

"可怜的疯子！"

贝诺克把我们带进一间狭小而整洁的客厅。墙面和低矮的天花板上，挂满了各式各样的兵器：剑，斧子，长矛，弓箭，盾牌……每一件兵器都擦得锃亮，仿佛会发光一般。

"我的剑修好了吗？"我问。

"当然。不过，盼着你来的，可不只是你的剑。"

"你的意思是？"

贝诺克没有回答，他拉了一下垂在门边的小绳，另一个房间里响起了叮叮当的铃声。不一会儿，一个托尔女人走了进来。

"茜姑，给这位长着一头靓发的贵客准备一份餐点，再来一杯加蜜的啤酒。"

听到这一席恭维话，柯迪满意地笑了。要知道，那一头浓密的红头发，是他最大的骄傲。

"比约，你和我上楼去转转。"说着，贝诺克拿起一支蜡烛。他尖瘦的脸庞上，浮现出一丝神秘的微笑。

这位军械师的家，像极了一个迷宫，拐角、壁龛、阁楼随处可见，布局复杂得不可思议。我每走一步，都会撞到熟睡中的人，连楼梯上都睡着人。穿过狭小的走廊时，我朝两边没有门的房间看了一眼，每个房间的床上，都睡了至少有五个人！我生平第一次看到这么多伊霍格瓦人。

"这些都是你的工人吗？"我低声问贝诺克。

"噢！不是。我的工人睡在楼上，当然，楼下也有。"

实际上，贝诺克一直用自己挣来的钱，扶助一些贫穷的同类，为他们提供食物和住所。对于伊霍格瓦人来说，贝诺克就是他们的父亲和福音。当然，我后来明白，他也是无可争议的大师。

到了五楼，房间稍稍变大。都这个钟点了，还有工人在椭圆形的大窗边劳作。由于房间里光线充足，贝诺克吹熄了蜡烛。

"晚上好，我的艺术家们！"他朝大伙儿说。

话语中流露出一种亲切之情，令我觉得贝诺克一定是个慈祥的老板。

在我眼前，这些伊霍格瓦孩子们——没错，我说的就是"孩子们"——正忙着画兵器上的装饰图案。一楼作坊的铁匠们，会把这些图案用金银镀在兵器上，再刻上"贝诺克"几个字。

我想象着那些即将制成的刀剑，刀锋上还刻有维京人所特有的龙头船，熠熠生辉——要是能拥有这样一把宝剑，该多好啊！但很快，我就为这个想法而自责。

"对不起，小尖牙，"我低声自语，"你才是我的小亲信。"

突然，我注意到，童工们都停下手中的活计，悄声议论开来。所有的目光都会聚在我身上。其中一个站起来，兴奋的表情令我想起未婚妻西格丽德：

"主人，你身边的年轻人，就是我所想的那个吗？"小孩儿问道。

"不清楚。"贝诺克打趣说，"伊罗，我怎么知道你小脑瓜子里想的是谁呢？"

大家都笑起来。这个叫作伊罗的小孩子朝同伴翻了一个白眼，然后转向我：

"你是莫菲尔比约吗？"

"是的。"我简短地回答。

"我想问你一个问题：怎样才能成为一名莫菲尔呢？"

房间里一片沉静。我突然觉得很紧张，迟迟给不出答案。

"为什么莫菲尔是最了不起的英雄、最坚强的战士？"伊罗的问题穷追不舍。

"我并不是最坚强的战士。"我好不容易挤出一句话。

也许是太累了，一股低落的情绪笼罩着我，让我恨不得挖个地洞钻进去。

幸好，贝诺克为我解了围：

"莫菲尔最开始也是普通人，平凡而脆弱。可是，奇迹总有发生的一天。在神灵的旨意下，这名普通人变成了英雄，战无不胜，所向披靡。"

贝诺克稍稍停顿了一下。显然，他很有演讲的经验。

"我国历史上，有过很多了不起的英雄。而在他们当中，莫菲尔完成了最艰巨、最难以想象的重任。对于莫菲尔来说，没有任何人、任何事能令他胆怯！"

童工们开始用奇怪的目光打量我，那眼神仿佛在说："就这个瘦了吧唧、说话害羞的小子，会成为万众瞩目的英雄？开玩笑吧！"这不能怪他们，就连我自己，也经常怀疑自己的能力。

"别人不敢踏入的禁区，莫菲尔却义无反顾地勇往直前！"贝诺克语气夸张地说。

"就像莫菲尔斯诺李！"一个小女孩儿喊起来，"他敢奔赴地狱，从玛玛菲嘉那儿拿回了好多黄金！"

"说得没错！"贝诺克点点头。

小女孩儿沉默了一下，然后看向我：

"比约，你曾经也是平凡而脆弱的吗？"

她的语气十分严肃，我不禁为之一怔。可立刻，我就笑出声来：

"脆弱得就像一条住在苹果里的小肉虫。"说完，我还假装打了一个饱嗝。

这个幽默的回答把大家都逗乐了。就连贝诺克也扶着椅背，笑得直不起腰来：

"比约你太逗了！怎教人不喜欢呢？"

只有伊罗没笑，好像不满我这种开玩笑的态度。于是，我收起笑容，真诚地对他说：

"从前的我，胆小，怕黑，既不敢骑马，也不敢下海游泳。我痛恨挑战，可其他小孩却偏偏都来欺负我。有一段时间，我经常梦见一个看不清长相、阴险可怕的敌人，我整晚整晚地跟他对战。一开始，他总是把我打得鼻青脸肿，可有一天，我终于把他踩在了脚下。自从那时起，我就变成了一名战士……一名还算合格的战士。"

"你说得太谦虚了。"贝诺克插话说，"比约已经完成了一些了不起的任务，是一等一的好战士。孩子们，比约将来一定会大有所为，你们都要向他学习！"

尽管有些不好意思，但贝诺克激情洋溢的话语，仍将我的疲惫和沮丧一扫而光，心潮也跟着澎湃起来。这时候，哪怕有个七尺巨人站在我面前，我都敢赤手空拳地对阵。

"好了，孩子们，让比约休息一下，"贝诺克站起身来，"他还要去见一个人呢！"

有几个女孩子笑了起来，好像大家都知道待会儿我要见的人是谁。

在通往六楼的楼梯上，我特别想问问是谁在等我。可贝诺克却故意啥都不说，光是笑。

于是，我只好问他别的问题——关于那些年纪尚小的工人们：

"贝诺克，你为什么让孩子们给兵器绘图呢？"

"因为童工便宜一些呀！"

"啊？！"

贝诺克狡狯地看着我。

"开玩笑啦！实际情况是：配有儿童画的兵器，拥有特殊的能量，所以威力更大。"

"真的吗？"

"千真万确。"

楼梯间非常窄，我的肩膀不断碰到墙壁。

"伊罗这个孩子能干吗？"我接着问。

"我这儿的工人都很能干。"贝诺克骄傲地回答，"伊罗擅长画龙，他尤其痴迷黑星战龙。"

"我哥哥居纳也是。"

六楼到了。一些伊霍格瓦女人和托尔女人正忙着制造剑套、刀鞘和箭筒。她们干得十分投入，当我们经过时，连头也不抬。

我们继续向上，仿佛要把我这一生的楼梯都爬完似的。

"马上就到了。"贝诺克说，大概是听到了身后我的喘息声。

到了第七层，兵器师终于在一扇挂着帘子的门前停下来。他用墙上的火把重新点燃了蜡烛。

"小声点儿，"他轻轻卷起门帘，"她还在睡觉呢。"

第❷章／伊霍格瓦之家

握着弓箭的美女

房间的中央是一张床，垂挂着丝绸帷幔。床边有两把椅子，其中一把上坐着一个伊霍格瓦妇女，身着简单的暗色天鹅绒裹裙，披着白色披肩，头巾在脑后系了一个结。一双栗色的小眼睛，显得十分温柔。

"这是我夫人，玛玛布。"贝诺克介绍道。

"你好，夫人。"

"你好，比约。"

玛玛布的笑容里充满善意，给人一种值得信赖的感觉。我很想过去抱抱她，但毕竟还有点儿生疏，于是忍住了。

贝诺克在玛玛布身边的椅子上坐下，目光投向床上。由于帷幔的遮挡，我什么都看不清。玛玛布也随着丈夫的目光望去，那神情，好像在欣赏一场戏剧。我不禁走了过去。

这张宽大的床上，躺了好几个人。其中最大的是一个人类女子，脸深深埋进枕头里。她身边横七竖八地躺了很多蜷缩着的小身体，看得出来，是些伊霍格瓦小孩，大约四五岁

第 **3** 章／握着弓箭的美女

光景。床头柜上的七孔烛台发出柔光，静静笼罩着熟睡的人们。

我向贝诺克投去不解的目光，可他的注意力根本不在我身上。正当我要开口问话的时候，女孩儿翻了个身，光线照亮了她的脸庞。

"西格丽德！"我忍不住喊出声来。

"嘘！"玛玛布制止我，"让她好好休息。"

然后，她压低声音，好像自言自语地说：

"她太累了，这样对身体不好。我亲爱的小可怜虫。"

贝诺克朝我投来一个意味深长的笑容。

"我们最爱看西格丽德熟睡的模样。"他说，"你可别见怪。"

见我没回答，他接着说：

"她长得真美，不是吗？玛玛布和我没有孩子，对于我们来说，她就像珍宝一样。"

"多么善良的孩子啊！"玛玛布无比怜爱地说。

然后，她定定地看着我：

"她疯狂地爱着你，比约。"玛玛布低声说，"这份爱，在她年轻的心里刮起了一场风暴。"

"一往情深。"贝诺克附和。

"你呢，你也同样地爱着她吗？"玛玛布突然问。

"比起我的生命，我更珍爱她。"我毫不犹豫地回答。

"一大早的，吵什么呀！"

我们听到有人哼唧。忽然，三只白鼬从被子里钻出来，四处嗅嗅，"嗖"地一下跳下床，跑出房间。

就像人类爱养猫养狗一样，伊霍格瓦喜欢养白鼬，还有的养猴子或爱喊叫的海豹。

"她怎么会在这里？"我指指睡梦中的未婚妻。

"她是十天前到的。"贝诺克说，"当时你在尤普达拉觐见国王，对吧？国王给你下达了任务？"

"没错。"

"西格丽德说，你承诺去阿韦尔接她，带她一起走。"

"也不完全算是承诺。"我更正道。

"她怕你反悔。"贝诺克不理睬我的解释，"她说：'任务一定很危险，比约不会让一个女孩儿跟着他的。'"

西格丽德呼了一口气，又翻了一个身。有一分钟，我们都不说话了，生怕吵醒她。

"她知道你会来这里取剑，"贝诺克接着说道，"'比约从来不会不带小尖牙出行。'她说。于是，她就跑来我家等你。"

"原来如此。"

睡梦中的西格丽德，手里还握着一把金属小弯弓。是伊霍格瓦人用的那种。她把小弯弓紧紧地搂在胸前，令我都快心生妒忌了。

"国王交给你的任务是什么呀？"玛玛布问。

"很抱歉，我什么都不能说。"

面对眼前善良而勇敢的人，不能与他们分享秘密，我满心愧疚。但我已向国王作出承诺，所以别无选择。任何人都不能知道我要去哪儿、去干什么。

"危险吗？"玛玛布仍不放弃，"至少告诉我们这次任务危不危险？"

"对不起，我有承诺在先，真的无可奉告。"

玛玛布取下她佩戴的黑珍珠项链，用牙齿扯断，让大小不等的珍珠都撒落在她两腿间的裙裾上。然后，她从中挑出五粒来，按大小顺序依次在地面上摆开。第五颗珍珠显然最大，有鸡蛋大小。

"这次的任务，有多危险？"玛玛布不安地问，"像这样吗？"她指向第一颗珍珠，也是最小的那颗。"像这样？"她指向下一颗稍微大点儿的。"还是像这样？"

她指向第三颗珍珠，如葡萄般大小。

"你什么都不用说，比约。只要指出相符的那颗珍珠就行。"

我被玛玛布的做法感动了。她一定是很爱我的西格丽德，才会如此坚持。

我走向那一排珍珠，伸出食指，指出了最合适的那一颗——最大的那一颗。

"天啊！"玛玛布倒吸了一口凉气。

突然，她跪倒在我面前，紧紧抱住我的双腿：

"求求你，别叫醒她！"她的语气低沉而激烈，"你赶快走吧！"

贝诺克走向他的妻子：

"亲爱的，镇定点儿！"

"她就像我的女儿一样！我不想她死在战场上，也不要她葬身于妖怪的腹中！不！不要！"

"来！"贝诺克试图扶起她。

可玛玛布却死死扯住我的衣服，哭了起来：

"西格丽德比花儿还要美好，比天使还要可爱，她就像一个小仙女，所到之处，都撒满了欢笑。可是，当我第一眼见到她，我就感觉……我就感觉有一种悲惨的命运，像毒蛇一样潜伏在她身边，紧追她不放。恳请你，比约！你快离开这儿吧！"

"够了！除了他自己，谁也不能代他拿主意！"

说着，贝诺克把妻子带出房间。他的动作坚定而温柔，令我肃然起敬。

争论声吵醒了几个小伊霍格瓦。他们用惊恐的眼神打量着我。

"嘿！"我做了一个吓人的鬼脸。

这些孩子们从床上蹦起来，一溜烟地逃开，比那些白鼬还快。房间里只剩下我和手握弓箭、熟睡中的西格丽德。

第 4 章

国王的秘密

我真的很想独自离开。但我清楚，如果这么做的话，一定会对我们两人的感情带来极大伤害，说不定还会因此浇灭西格丽德对我的爱火。

西格丽德总是说，她不想做一个家庭主妇，整天守在家里，眼巴巴地盼着丈夫回家。无论是幸福还是危险，她都要跟随着我，与我休戚与共。换句话说，我们的生命是合二为一的。

我的未婚妻是个充满抱负的女孩，从不因为自己是女儿身，就甘于平庸度日。她渴望担当大任，在迈向成功的道路上助我一臂之力。

"我很愿意放羊或带孩子。"她常常声明，"但绝不会因此而告别征途、放弃斗争！"

实际上，我十分了解我的未婚妻。她那冒险家般的想法令我惊诧，也令我崇敬。与我的父辈不同，我并不推崇那些以服从、隐忍至上的女性品德。值得一提的是，这样的女人

· 20 ·

在我们所居住的北方城镇里，其实并不多见。以我母亲为例，别看她外表质朴无华，内心却藏着一团烈火，骄傲而固执。因此，在我家，很少是父亲说了算。

我轻轻地沿着床边坐下，凝视着我的爱人：睡梦中的西格丽德脸颊总是红红的。她的衬衫下，一颗心正"扑通扑通"地热烈跳动着。

"我爱你……"我轻声呢喃。

我伸出手，小心翼翼抚摸她的金发和额头。

"你好啊！"西格丽德调皮地睁开眼睛。

"原来你没睡啊？"我吓了一跳。

"没。我一直在等着，看你到底会不会叫醒我。"

"真狡猾！"

西格丽德欢呼着跳进我怀里，把我的脸亲了个遍。然后，她站起身来，像个小姑娘一样，在床上蹦来蹦去：

"我要去执行任务啦！"她高兴地喊道，"谢谢耶稣！谢谢圣母玛利亚！"

和我的母亲及大部分族人一样，西格丽德也信奉发源于南部的基督教。而我的父亲，则是戈丹、托雷等远古神灵的忠实信徒。至于我本人，时而拜拜耶稣，时而拜拜戈丹，完全视心情而定。

突然，西格丽德不跳了。她蹲下来，拉住我的手，提出了一个她早就想问的问题：

"这次的任务，到底是什么啊？"

"这个嘛……"

"快说呀，亲爱的。我都等不及了。"

"阿哈德国王派我去大地的最底层……"

"去地狱？！"西格丽德叫出声来。

"没错，去地狱。你小声点儿，别人会听见的。"

我起身吹灭了一支即将燃尽的蜡烛。蜡烛像小火山一般，留下一缕青烟。西格丽德不说话了，但她询问的目光却一直追随着我，催促我接着说下去。

"说来话长。"我继续道，"来，给我挪个地方。"

西格丽德握着弓箭，往旁边靠了靠。我在她身边躺下。床的正上方悬着一张挂毯，吸引了我的注意：上面画着一名身形矮小的战士，正迎战一个骑六条腿的马、口中喷射火苗的巨人。

"你瞧，画的是斯诺李在地狱。"

"没错，贝诺克跟我说过。马背上的那位，就是玛玛菲嘉。"

"真是应景啊！"

西格丽德紧挨着我，目光无法从那幅令我们陷入遐想的画面上移开。

"讲讲我们的任务吧！"西格丽德说。

"很久很久以前，有一位年轻的国王……"

"别说什么'很久很久以前'啦！简直就是浪费时间！"

"好的故事不都是这样开头的吗？"

"行啦！"西格丽德耸耸肩。

"这位年轻的国王名叫阿哈德。他统治的王国面积不大，却一直四面受敌：吉兹国、斯古兰国、阿尔国等所有邻国，都企图攻而占之。作为一名伟大的战略家，他足智多谋，骁勇善战，令邻国的不轨企图无法得逞。可在旷日持久的战事拖累下，王国入不敷出，国库告罄，眼看着前线就要缺粮少弹了……"

"于是他派出一名勇士，去地狱窃取玛玛菲嘉的宝藏。应该派一个像斯诺李这样的人吧？"

"他什么人都没有派。因为通往地狱的旅程得耗上好几个月，再加上回程的时间，根本来不及。得想其他的办法。"

"好几个月……"西格丽德轻声重复。

一片愁云掠过她的额前。

"国王是怎么做的？"她从思绪中挣脱出来，"快说嘛，我亲爱的比约。"

"在一个深夜，他独自前往大洞口，找地狱女王谈判。"

补充说明一下：斐兹国有断崖山脉横贯南北，而大洞口就位于断崖山脉最高峰——拉夫宁山的北坡上。只要趴在洞口大声喊话，就有希望与地狱女王玛玛菲嘉交谈——尤其是当话题正好令她感兴趣时。

"'喂！地狱女王，你在吗？'国王喊道，'我是阿哈德国王。我需要黄金，好继续与侵略势力抗衡。'长久的沉静之后，玛玛菲嘉的回答如惊雷一般滚滚而来：'那是你的问题，我管不着。'"

英雄比约

②

DI YU ZHI MEN

地狱之门

"听说地狱女王可怕至极，"西格丽德忍不住插话，"她以狗和污泥为食，无休无止地折磨人类的灵魂。"

"你还听不听我讲啦？"

"抱歉。"

"'伟大的女王，请伸出援助之手！'国王恳求道，'否则我的王国将毁于一旦！只要你肯出手相救，我愿意答应你的任何条件。'玛玛菲嘉没有回答——她正算计着呢。等她再次开口时，声音显得柔和多了：'年轻的国王，你可能有所耳闻，我的身体就像坟场一样，无法孕育生命。如果你能帮我改变这一不公平的事实，我愿意给你数以万计的黄金和珠宝。'"

"然后呢？"西格丽德迫不及待地问。

"'我该如何帮你呢？'国王不解地问。'赶快结婚。然后把你的第一个孩子给我。'这就是地狱女王的回答。"

"天啊！"

"国王简直不相信自己的耳朵。他很想破口大骂，向洞里扔石头。可他并没有这样做。相反，他回到尤普达拉，很快完婚。小王子斯望出生的那天，他以小王子已不幸夭折为借口，将斯望从生母身边带走。"

"原来达尔王子还有一个哥哥！"西格丽德喊道。

"国王带着小王子来到大洞口，把小王子扔进洞里。谁也不知道令人眩晕的坠落到底持续了多长时间，总之，小王子平安无事地到达地狱，从此在玛玛菲嘉的抚养下生活，距今已经三十三年了。"

"真令人难以置信。"西格丽德自言自语。

"可这全是事实。是国王亲口告诉我的。我能看出来他有多激动。"

"我敢打赌，你一定在怪罪国王。他居然出卖自己的亲骨肉！"

"要不是玛玛菲嘉的金子，斐兹国早就不复存在了。"我分析说，"我们也会沦为吉兹国国王阿孔二世或其他国王的阶下囚。"

我们都沉默了。我好像一直听到打鼾声，却不知从何而来。突然，我瞥见房屋一角有个圆形的篮子，里面塞得鼓鼓囊囊的，还在有节奏地起伏着。

"那是什么？"我不解地问。

"达夫尼。"西格丽德心不在焉地回答。

我"噌"地一下站起来，飞奔到篮子边，轻轻揭开盖子。

我的小龙蜷成一个球，睡得正香呢！可能是感觉到了我的到来，它很快睁开了大大的眼睛，眼珠黄澄澄的。

"嗷——！"它认出了我。

我把它抱在怀里。它蜷起身子，尾巴不停地摇摆，表示很开心。烛光下，我仔细盯着它的大眼睛和不停流鼻涕的鼻子——达夫尼瘦了好多！

"它生病了！"我喊道。

"自从你走了之后，它就不吃不喝。"西格丽德解释，"如果你这次不带上它，它必死无疑。"

我把达夫尼紧紧搂在胸前。它也死死地抓住我，在我脖子上温存地蹭来蹭去。

"我亲爱的小龙。"我抱着它朝床边走去。

西格丽德递来一碗牛奶和一片生菜叶，可达夫尼连看都不看一眼。于是我接过菜叶，凑到达夫尼嘴边。小家伙居然一声不吭地吃了个干干净净！

"太不公平了！"西格丽德抱怨道，"我像妈妈一样照顾它，又是洗脸又是擦屁股，它居然就这样感谢我！"

我们仨舒服地靠在一起。达夫尼的呼吸由急转缓，慢慢平复下来——它又睡着了。

"国王到底交给你什么任务，你还没说呢！"西格丽德问。

"别急，我这就跟你说。"

第 5 章

国王的苦恼

　　我告诉西格丽德，自感垂垂老矣的国王，开始考虑王位继承人选的事情了。这令他寝食难安。

　　所有的人都觉得，王位继承人是达尔王子。从理论上讲，这简直就确凿无疑；加之近段时间以来，达尔王子可谓进步不小。如果说他年少时不谙世事，一天到晚游手好闲，或喝得酩酊大醉，甚至滥杀无辜，现在的达尔王子则脱胎换骨一般，每天都要去教堂做两次弥撒，还邀请穷苦的人与他共进午餐。据称，复活节那天，他还拥吻了一位麻风病人。

　　对于儿子的转变，阿哈德国王备感欣慰。尽管如此，他仍暗自思忖，不能将王位交给达尔。

　　"为什么呢？"西格丽德显得很惊讶，"他不是一直很宠爱达尔王子吗？"

　　"至于为什么，你跟我一样清楚——国王不想把统治权交给一个狼人。"

　　西格丽德面色凝重。

"所以，对决的那天晚上，你的猜想是对的。"

"没错。"

一年前，达尔王子在雪地里捡到了我父亲的宝剑。尽管他清楚宝剑所属，却将其据为己有。为了夺回属于我父亲的宝剑，我曾单独与达尔王子对峙。

这场对峙持续了很长时间。当夜幕降临，达尔王子开始发出一些奇怪的声音，脸也渐渐蜕变成狼的样子；我离他很近，成为唯一亲眼目睹这一幕的人。

很快，王子将皇室骑兵团招来。他们举着火把，在火光的照耀下，达尔王子的变身戛然而止。

恢复原形的达尔王子紧盯着我，想确定我是否察觉到什么。我假装什么都不知道。当我把这一切告诉我父亲的挚友、国王的顾问——白狼季祖时，他说我的反应很恰当："达尔是不会让你带着这个秘密活着离开的。"我至今还记得季祖的这番话。

"国王向你坦陈了他儿子是狼人一事？"

"对。小声点儿！"

"你跟他说，其实你已经知道了吗？"

"没有必要。"

"你那个红头发的朋友，也知道了吗？"

"他知道。他是国王最信赖的朋友，不论好事坏事，国王都会找他一吐为快。连他自己都说，国王把他当成亲生儿子一样……不过，除了柯迪、季祖和我俩，其他人都不知道这个惊人的秘密。"

西格丽德眉头紧锁，她陷入沉思时就会这样。

"如果大家保守秘密，而达尔王子能一直处于有光照的地方，他还是能统治王国的。"

"光照能阻止他变身，却不能阻止他发狂。狼人就是狼人，哪怕外表再正常，本质上还是一头野兽。他随时有可能失控，焚烧民房，伤害无辜，令所到之处血流成河。"

"哪怕在光天化日之下？比如说阳光最烈的正午？"

"没错。"

"这样的话，无论如何也不能把国家交给他。我明白国王的苦恼了。"

说着，西格丽德抬头看了看那张挂毯。她用弓箭的一端指向画面上身形巨大、面目狰狞的玛玛菲嘉：

"如果我没有猜错的话，我们得去地狱，把斯望王子从这个可怕的女魔头身边夺回来。他才是国王心目中的王位继承人。"

"你猜对了。"

西格丽德放下弓箭，倚在我身边。她的目光仍停留在地狱女王的画像上。

"我听说，她讨厌一切雌性的东西。"西格丽德的声音中透着焦虑，"她把一些年轻的处女抓到地狱，关在满是毒蛇、黑森森的地牢里。"

这时的西格丽德，就像一个被吓到的小姑娘。我不由得想起玛玛布的预言，想起她所预感到的我未婚妻的厄运。

我拉着西格丽德的手问："你真的想陪我去地狱吗？要知道，就算你现在改变主意，也没有什么好丢人的。等我从地狱回来，一定造一艘龙头船，我俩一起去未知的海域探险，肯定惊险刺激……"

西格丽德突然坐起来，好像被蜜蜂蜇到似的：

"你觉得我不够强壮、不够勇敢，是吗？别忘了，我是一名训练有素的战士！我知道该如何运剑，而且，有了这个，"她拉开手里的弓箭，"我所向无敌！"

她从床上跳下来，情绪激动地继续说道：

"不信的话，我让你好好瞧瞧！"她边说，边往脚上套靴子（是我从未见过的男士长靴），"把你的小宝贝放回篮子里，跟我去八楼。马上！"

她满脸通红，像一头被激怒的狮子，随时准备与我大吵一架。看这架势，容不得我有半点迟疑，只好乖乖地跟着她。否则，我敢肯定她会把我一路拖到八楼去。

第 6 章

小试身手

贝诺克家的八楼，是一个宽敞的阳台，几根厚重的立柱支起屋顶，四周没有墙，只有一圈围栏，看上去很牢固。尽管是晚上，阳台上还是人头攒动。很多伊霍格瓦人——也有不少托尔和半托尔人——有的拿剑，有的用斧，有的挥刀，正在对战。后来我才明白，原来他们是在测试由楼下作坊生产的武器。

"喂！比约，你跑哪儿去了？"

是红头发柯迪。他正站在阳台的正中间，身边围着一群手持短剑的小伊霍格瓦人，差不多有十来个，同时从不同方向朝他发起进攻。柯迪像陀螺一样原地打转，游刃有余地四下接招儿。

突然，两个小孩儿退出人群。其中一个就是刚才画龙的伊罗，另一个是个小胖子，鼻子塌得几乎等于没鼻子。只见伊罗朝同伴耳语了几句，两人又重新回到队伍中。

不一会儿，小胖子发出一声尖叫，声音尖锐得能刺破人的耳膜。就在大家分神的时候，伊罗趁机拿剑狠狠地刺向柯迪的屁股。

"哎哟！"柯迪痛得直叫唤。

他猛地转过身来，想看看是谁在捣蛋，结果屁股又暴露在伊罗同伙的剑下。

"哎哟！"又吃了一剑的柯迪气得满脸通红，"上帝啊上帝！"

其他的小对手们纷纷效仿，不断向柯迪那又翘又圆的屁股发起进攻。阳台上其他的人都笑弯了腰，大家就这样疯着，闹着。

大约吃了十多剑后，柯迪不干了：

"你们太过分了。简直就是拿武器开玩笑。我在这儿好好地教你们如何在对决中取胜，给你们讲解剑术的精髓，你们却……真令我失望！"

"再来一局嘛，红头发！"一个小对手恳求道，"这次我们保证不刺你的扑通。"

在伊霍格瓦语中，"扑通"是"屁股"的意思。

"鬼才会信呢！"柯迪咕哝道。

这场闹剧，令西格丽德心情又开朗起来：

"伊霍格瓦人几乎没有屁股，"她向我解释，"他们的背部和屁股就像是一整块平板。所以，你那朋友的翘屁股备受青睐，也就不足为奇了。"

"太不足为奇了！"我笑着附和。

"好，现在轮到我露一手了。"西格丽德拽着我的袖子往前走。

一根立柱上，挂满了大大小小的箭靶。她一语不发，只是指向最小的那个箭靶。它是丝绸制成的，跟一枚硬币差不多大小。然后，西格丽德后退四十步，几乎到了阳台的另一端。一个伊霍格瓦小孩儿递过箭筒，她从中抽出一支，拉弓上箭。我故意站开一步，好离立柱远点儿。

"多此一举！"西格丽德朝我喊道。

她瞄准方向。一秒钟后，那支箭就稳稳当当地插在小箭靶的正中心。

我还来不及称赞，西格丽德已经换上战袍，从兵器架上取下一把剑，然后叫上一个身材高大的半托尔小伙子。他戴着尖顶头盔，穿着盔甲，手持盾牌。小伙子的兵器是把银柄短剑，少说也有二十公斤。

"出招吧，欧米！"西格丽德朝小伙子喊道，"不必手下留情！"

欧米十分听话。他果然毫不留情，像拼了老命一般打杀起来，每次出手都要吼一声"嗬"，声音大得能把死人吵醒。一开始，我以为他不过是头脑简单、四肢发达的粗人，但我错了。他的每一道进攻，哪怕是王国最优秀的战士都会始料不及。

不过，西格丽德也不是好惹的。只见她一会儿灵巧转身，一会儿又轻盈跃起，像只猫一样机智地防卫着，令对手招招落空。她很快就占了上风，剑锋落在欧米的肩膀上，又朝他的膝盖上方点去。

"如果没有盔甲，这个半托尔早就出局了。"我心想。

"很惊讶吧？"背后有个声音说。

贝诺克正倚在栏杆上。我后退着靠近他，生怕错过这场精彩对决的任何一个场面。

"从她到这儿的第一天起，你的未婚妻就没日没夜地练功。"贝诺克说，"好不容易有休息时间了，你猜她干吗？"

"呃……"

"她教这里的穷人们识字写字。"

正说着，西格丽德以迅雷不及掩耳之势，打落了欧米手中的短剑。动作干脆利落。

"漂亮！"贝诺克鼓起掌来。

其他人的掌声也跟着响起。

"甘拜下风！"欧米有些许失落。

"再来一局！"西格丽德命令道。

"似（是）！"半托尔捡起短剑，"那我就奉陪到底。"

对决再次启动，比先前更加激烈。这个欧米，别看他表面老实，其实一点儿也不服输。

这时，一个围着头巾的伊霍格瓦老人走过来，手里拿的正是我的小尖牙。

"啊！"我一把接过来。

"看上去很不错！"我高兴地说。

突然，西格丽德和欧米的对决夏然而止。原本胜利在望的西格丽德，却被欧米狠狠刺中，伤口就在战服保护不及之处，鲜血直流。

"亲爱的！"我失声尖叫。

"不要紧。"她安慰我。

两个伊霍格瓦女孩已经跑过来，为她包扎伤口。

"你觉得我表现如何？"西格丽德焦急地问。

我捧着她的脸庞，深情地望着她：

"非常出色！"我轻柔地说，"你比精灵还灵巧，比女王更善战。我爱你，崇拜你，我的天使。"

"你瞧，我说得没错吧！"她十分得意。

越过西格丽德的肩头，我发现有个瘦长的身影正朝我们走来。此人身着红色披风，几根浅色的头发稀稀拉拉地耷在棕黄色的额头上，眼睛稍微有点内斜视。

"是个半伊霍格瓦人。"我暗自思忖。

半伊霍格瓦人，是人类和伊霍格瓦的混血儿。有趣的是，他们要么是巨人，要么是侏儒，很少有身高正常的。比如这位穿红披风的，少说也有两米高。

"我来介绍一下——这是我最好的武器测试家，斯瓦托。"贝诺克说。

我友好地朝他挥挥手，准备离开阳台。

"冒昧问一句：我是否有幸与你共同测试一下你的新武器？"

"比约早就有小尖牙了，这次不过是修复而已。"贝诺克纠正他。

"难怪！"斯瓦托的笑令我浑身难受，"我就说它不像咱们家的武器。"

"谢谢你的好意，"我说，"我完全相信贝诺克大师和工匠们的手艺。至于测试，我看不必了。"

"哪里，我们出炉的每一件兵器，都得经过测试才放心。"贝诺克谦虚地说。

不知不觉，我们被一圈人围了起来。

"求求你了，莫菲尔比约，就让这个瘦高个儿领教一下你的厉害吧！"

小伊罗说出了大伙的心声。好多人鼓起掌来，迫不及待地想看我对阵这名半伊霍格瓦人。

在我的生命中，"莫菲尔"的头衔总令我陷入这样的境地。有人说这是成名的代价。对于这样的说法，我总是回敬道：成为莫菲尔并非我自己的意愿，我凭什么非得花时间来满足别人的好奇心呢？

"我累了。"我以为这回答没有辩驳的余地。

可伊霍格瓦和托尔人都有一个共同点：犟得跟驴一样！他们总是以你难以忍受的方式，一而再、再而三地坚持自己的主张。说实话，我真想骂粗话。可看在贝诺克的面子上，加之西格丽德又深爱着这些人，我努力克制，尽量不惹恼任何人。

"既然这样，斯瓦托先生，那我们就来一局。"

我的回答激起一片热烈的欢呼。我朝阳台中心走去，打算以最快的速度结束这场对战。身后，我的对手正吹着口哨，迈着禽鸟般高贵而平静的步伐，跟随而来。

英雄比约 ❷

DI YU ZHI MEN

地狱之门

第7章

意外劫难

"你们可不能就这样开打，"贝诺克有点儿担忧，"至少得拿块盾牌。"

"我不需要。"斯瓦托不屑地说。

"我也不用。"

有一会儿，我的目光停留在他的披风上：除了两个竖开口的肩洞（以便胳膊从这两个肩洞中伸出来），披风从上到下都紧合着，长度足以遮住一件战袍。

斯瓦托读懂了我的目光。

"放心，披风下面什么都没藏。要不你亲自检查一下？"

"不管你的披风下有什么，都不重要。"

"那就开始吧！"

我们的剑锋在晨曦的微光中相交。感觉良好的我，竟然觉得来场对决也不错——就当是舒展筋骨吧！

斯瓦托动作优雅，剑法比较偏学院派，乍一看，他是一个只按常理出牌、中规中矩的战士。话虽如此，他手中那又细又长的剑总是不迟不早、不偏不倚地落在要点上，连我最刁钻的进攻也未能奏效。我不禁想：真人不露相，这个斯瓦托可没那么简单。

公鸡一声啼鸣，打破了笼罩小城的宁静。我双手紧握小尖牙，接连向对手发起三次进攻。其实，进攻是假，声东击西是真。趁其不备，我的剑身从侧面朝他的长腿扫去。这一招是我自创的，以前和哥哥居纳切磋过。

斯瓦托像株被割倒的麦苗，摔了个仰八叉。众人一片哄笑。

他不紧不慢地爬起来，笑着说：

"厉害！"

对决继续。有那么一会儿，我们都未出招，而是静静观察。我们都清楚，试探性的阶段结束了，到了动真格的时候。

"我乃长臂斯瓦托！"对手突然喊道，长剑在正前方应声砍下，"接招吧！"

在此之前，斯瓦托都未完全伸直手臂，好引我靠近他。待我明白他的战术时，为时已晚。

他的剑锋从我胸前一掠而过，我不禁叫出声来。

"抱歉，差点儿伤到你了。"斯瓦托道歉说。

可我知道他丝毫不觉得抱歉。相反，他正为此自鸣得意。

他的攻击性愈演愈烈。那长剑就像一条毒蛇，先是缠住我的宝剑不放，继而突然立起，发出致命一击。

"看招！看招！再来一招！"斯瓦托连连进攻。

而我呢，只有防卫的份儿，都快招架不住了。在这场以测试小尖牙为名的所谓友好对决中，我自觉处境堪忧。

"这个斯瓦托，恨不得要了我的命。"我思忖。

围观的人群中，也响起令人忧心的传言。

"他简直就是疯了！"看到斯瓦托直刺向我的脸，西格丽德也激动起来。

如果我这时宣告退战，肯定会被视作懦夫。整个王国都会传言，莫菲尔比约在一个半伊霍格瓦面前败下阵来。但我又确实很想放弃……好在这个时候，一股战斗的热能在我体内涌现出来。

每当陷入危急时刻，这股不一般的热能就会流淌在我的血液之中，使我变得更机智，如闪电般快捷。我与达尔王子对决的那一天，当然还有其他好几次，就是这股热能使我转败为胜。

很快，我就摸透了斯瓦托的剑法，能预见他的下一个动作，拆穿他的招术。在我的反攻之下，他应接不暇，节节溃败，一直退到了阳台的边缘。

他负隅顽抗，想方设法地拼命还击，可徒劳无功。我胜券在握，这场对决仿佛成了一场猫捉老鼠的游戏。

突然，斯瓦托高举宝剑，咬牙切齿地说：

"等着瞧！"

他用尽全身力气，猛烈出击，我用宝剑一挡，只见两剑相撞，迸出电光火花，我的小尖牙就在这撞击之中，裂成两段。

其中的一段，从阳台的栏杆上飞过，落到楼下。

就在这时，斯瓦托突然向前，朝赤手空拳的我刺过来，剑锋穿破衣物，扎进我的胸膛，顿时血流如注。我以为死期将至，没想到这个半伊霍格瓦人并没有杀死我，而是弃下武器，跨过栏杆，在我眼前直直地跳了下去。

这一切发生得太快，所有人都涌到栏杆前，想看个究竟。

接下来的一幕，令我永生难忘——斯瓦托并没有跌到地面，而是展开披风，在高空翱翔，就像一只巨大的老鹰。

"会飞的披风！"贝诺克站在我身边，诧异地喊道，"我以前听人说过，可还是头一次亲眼见到。"

其实大家都是。这种神奇的披风，一些从遥远东方回来的旅人曾谈起过，却没有任何人拿出实物。听说只有莫菲尔斯诺李从遥远而广袤的"日出之国"获得过一件，可也在回来的路上被蛀虫啃得干干净净。

披风所形成的红色三角形越升越高，很快就要钻进云层，隐匿不见了。

"真搞不懂他，"贝诺克从震惊中回过神来，"斯瓦托一向都表现得无可厚非。"

"他想谋杀比约。"西格丽德一边说，一边忙着用衣角为我擦拭胸前的血迹。

"不要紧。"我安慰她。

人群中一阵骚乱，大家都对刚刚发生的事情议论纷纷。

"发生这种事情，真的很遗憾。"贝诺克向我道歉，他指着一把椅子，示意我坐下。

我并不想坐下。

"真正令我感到遗憾的是，"我说，"我的小尖牙没能逃过此劫。"

"对，"贝诺克叹了口气，"差点儿忘了这个细节。"

"对我来说，这可不是细节。"我有点儿来气。

半托尔人欧米迈着熊一样的步伐走过来，带来一股夹杂着臭鸡蛋和粪水味的浓郁气息。就算你努力去适应，托尔人浓重的体味还是让人吃不消。

"剑似（是）我修的。"欧米为他的老板开脱。

"欧米不仅是武器测试家，"贝诺克告诉我，"也是一名出色的铁匠。"

"凭我所见，果然'出色'！"柯迪冷不丁地说。

欧米满脸愧色。

"尊敬的莫菲尔，请听我说，你的小尖牙骁勇善战，实在令人敬佩。可它生病了。我虽然修复了它，却不能使它痊愈。如果你要听实话……"

"请讲！"我鼓励道。

"只能说，它大限已到。"

"他说得没错。"贝诺克表示认同。

"可我使用它还不到两年。"我惊讶地说，"众所周知，有的剑，用上三百年，都还状态极佳。"

"也许，小尖牙觉得自己已经帮不到你什么了，不配做一名莫菲尔的佩剑。"贝诺克猜测，"于是，它自求毁灭，主动让贤。这样的牺牲精神，真令人敬佩。"

"原来剑也会思考。我真是孤陋寡闻。"柯迪嘲讽地说。

"贝诺克大师，你是不是想卖一件武器给我？有言在先，我可不要。"

就在我强忍着怒火的时候，有人突然大喊：

"他回来啦！他回来啦！"

一名年轻的伊霍格瓦正倚着栏杆，指向天空中的一个黑点儿。大家立刻涌到他身边，所有的目光都投向那个正在不断靠近的飞行物，他就像只翅膀宽大而僵硬的怪鸟。

斯瓦托又折回来了。

我和大家一样，都以为斯瓦托本不想回来，只是不巧遇上了逆风而已。可看他的飞行路径如此精准，我很快就否定了这个猜测。

"他果然回来了。一定是来道歉的。"贝诺克说。

"恐怕他没这个时间了。因为不等他开口，我就会割破他的喉咙。"柯迪生气地说。

"冷静点儿。把剑收起来。"我命令道。

不一会儿，斯瓦托就降落在阳台上。他的动作如此轻巧，既没擦到栏杆，也没触及立柱。他双臂张开，两手联在披风的衔铁上，那样子就像十字架上的耶稣。只是这个耶稣长着令人讨厌的犹大的脸。

斯瓦托三下两下就收好披风。他又回到了平常的模样。

"太神奇了。"西格丽德说。

"你刚刚是怎么回事？！"贝诺克厉声质问斯瓦托。

斯瓦托没有吭声。

"我要好好教训教训你，你这个怪鸟一样的家伙！"柯迪气得满脸通红。

我举起手来，示意大家安静。

"谁派你来的？"我问。

"没人派我来。"斯瓦托的语气中透着一丝疲惫。

他已经精疲力竭了，两条鹳鸟一般的长腿仿佛支不住身体，只好跌坐在地上。我走过去，把手放在他的肩头：

"那你为什么要这么做呢？"

我的声音很轻，仿佛只有我们两个人在谈话，其他的人都不存在。

"我想杀死你，好让大家都知道我，谈论我，哪怕几个世纪后都不会忘记我。我想让人们也吟唱关于'长臂斯瓦托'的诗歌，说莫菲尔比约不过是我的手下败将。我想要荣耀！"

"可最后一刻，你为什么退缩了呢？只要一个动作，你就能成功。"

"我为自己感到羞耻。我突然觉得自己很恶心。"

也许是过于激动，他沉默了一会儿。

"我差点儿杀死了一个手无寸铁的人，你知道吗？"他向我投来绝望的眼光，"为了荣耀，我不惜采取卑劣的行径。你别再问了，跟我这种人说话只会贬低你自己，不值得。"

他转向贝诺克和其他人：

"现在，请尽情地处置我吧。游街也好，驱逐出城也好，甚至立刻执行死刑，我都接受。"

"如何处置，由比约说了算。"贝诺克宣布。

"斯瓦托确实萌生过杀害我的念头，但实际上他并没有这么做。"我提醒大家，"因此，他可以不受任何惩罚。"

"惩罚我吧，求你了！"这个半伊霍格瓦人拖住我的裤腿，恳求道。

他激动地看着我，一缕金色的头发披散在他颓唐的脸庞上。

"行。我惩罚你。"

大家都好奇地等待着我宣判。我想了一会儿，然后请伊罗去找羊皮纸、羽毛笔和墨水。

伊罗不到一分钟就带着我要的东西回来了。我避开众人的目光，写下判决——上面只有一句话。

写完之后，我把羊皮纸折成小方块儿。

"处罚就写在这张羊皮纸上，"我宣布，"只有斯瓦托自己才能看。"

"这不公平。"有人抗议，"我们也有知情权。而且……"

"比约说了算！"贝诺克打断了他的话。

没有人敢再开口了。

此时，阳光已经洒满了吉弗约省的平原。笼罩着断崖山脉的薄雾即将散去，空气正一点点回暖。

大家都自动从斯瓦托身边退开。这个半伊霍格瓦依然瘫坐在地上，红色的大披风在地面上铺开。当他打开羊皮纸，那诧异的眼神，我永远也不会忘记。羊皮纸上，我所写的判决是——

"本人埃里克之子比约，判长臂斯瓦托做我一辈子的好朋友。"

第 *8* 章

传奇提尔锋

贝诺克把我、西格丽德、柯迪带到一楼，来到一间他叫作"商铺"的房间里。这里放置着好几十种兵器：剑，矛，弓，盾……或是挂在墙壁和梁架上，或是一簇簇堆在枪架上，或是直接放在地上，大小不一，装饰各异。但我注意到，跟我们刚来时那间小房间的兵器相比，这里的兵器并没有显得更奢华。

"有什么需要的，尽管拿。"贝诺克说，"免费送给你们，算作我对你们执行秘密任务的协助。"

说完，他开始动作优雅地一一介绍：

"战服在这个柜子里。蓝色抽屉里装的是短刀，红色抽屉里也是。如果你们需要其他特殊商品，比如说尖顶头盔、星形飞镖、护腕、小战刀、吹管什么的，我们这儿都有，尽管开口。总之，我们啥都做，啥都有！"贝诺克自豪地说。

柯迪拾起一把斧头，刀锋上刻着狼头，差不多有十五公斤重。

"这活儿真漂亮。"他不禁赞赏，"贝诺克大师技艺精湛啊！你的工匠们也是。"

我走到柯迪身边。

"我们要去的地方不能骑马，得徒步好几个月，少不了翻山越岭，而且得一直背着行李。所以，我建议你选择轻一点儿的武器。"

柯迪点点头。他抓起一把体积更小，镀了银的铁斧。

"这把正合我意。"他一边掂量着武器，一边说。

房间的另一头，西格丽德挑了一个桦树皮制成的箭袋，一只皮革弓箭手套。贝诺克站在她身边，在一个大箱子里为她挑选弓箭。每一根箭他都要仔细端详，以专业的眼光，检查箭身是否直挺，箭头是否锋利。

"你觉得怎么样？"柯迪把他挑选的斧头给我看，"瞧这刀锋！重量的话，也没问题。这斧头轻得跟玩具一样。"

"只可惜手柄上有铁皮。"

在我们北方地区，斧头的木制手柄上，都要裹上一层铁皮，起固定和防护作用。

"那又如何？"柯迪显得不悦。

我望向贝诺克。他正背对着我们，忙着给西格丽德准备备用的弓弦。

"我们越是靠近地狱，温度就会越高。"我小声说，"到时候，凡是金属的东西都会烫手，没法拿。你明白吗？"

"这可真令人高兴。"

"所以，盔甲之类的东西，想都别想。"

"你想得倒挺周到的。"

"我不过是转述别人给我的建议。"

"'别人'？！谁啊？"

"还能有谁呢？"我回答，"当然是国王。"

这时，欧米走了进来。

"啊，你来了！"贝诺克显得很高兴。"西格丽德，柯迪先生，我让欧米帮你们继续挑选武器。他跟我一样精通兵器，说不定比我更好。"

然后，贝诺克转向我，露出神秘的微笑。

"至于你嘛，比约，请跟我来。"

"要西格丽德挑选木制的弓箭。"在走出房间前，我提醒柯迪。

从"商铺"出来，贝诺克和我走下楼梯，又爬上楼梯，再重新下了一段楼梯。我们穿梭在狭窄的走廊里，穿过许多空无一人的车间，更别提数也数不清的仓库、卧室、水房、厨房，等等；好一会儿才走到目的地。

贝诺克要带我去的地方在地窖里。和别的地窖不一样，这间地窖装饰简单，但品味不凡：一张桌子，两把漂亮的雕花椅，放着三支伊霍格瓦长烟枪的小烟架，一幅山景挂毯，就是房间的全部摆设。置身于这样的房间，让人感觉宁静又舒适。我想，贝诺克想独处时，一定会来这儿，边抽烟，边思考。

桌面上，我瞥见了断成两截的可怜的小尖牙，就放在一个脏兮兮的包裹旁边。

"我们会修好它的。伊霍格瓦人说话算数。"贝诺克读懂了我的目光。

"拜托你们了。"

传来几声沉闷的锤打声。

"旁边就是炼铁房。"贝诺克解释。

听他这么说，我立刻惊异于房间内的清凉。

"房间的墙壁是'冷石'建造的。冷石是一种硬度不高、多孔的石头，可以使周遭的空气变得清爽。"

"我听说过这种石头。"

"只要不时给它们浇浇水，抹抹海盐就行。"说完，贝诺克指指靠墙放着的两个水桶。

贝诺克狡黠地笑着。关于冷石的对话，不过是要考验我的耐心而已。

"摸摸看。"他建议说。

我走到墙边，将双手贴上去。我的掌心仿佛触到冰块儿一样，一阵冬季独有的冷风拂过面庞。

"真神奇。"我不禁说。

适应了这个温度以后，冷石给人的感觉其实还蛮不错的。仿佛流淌在血管中的不再是血液，而是一道清冽的山泉。

"贝诺克大师，我有一个请求：可以给我三块冷石吗？不用太大，好携带的。"

"没问题。"

我谢过他，在一把椅子上坐下。像我父亲烤火时那样，我双腿交叉，等待着。

贝诺克也在我对面坐下来，一直面带微笑。

"你抽烟吗？"

"不，谢谢。"

他从小烟架上拿起一杆烟枪，动作考究地慢慢塞进烟草。是一种漂亮的红色烟草，散发出皮革的熏香。

贝诺克点上火，轻轻地吸了一口。看得出来，点烟对他来说是一种仪式，他享受着这个仪式的每一道程序。很快，一股与森林里枯叶类似的气息，在房间里蔓延开来。

"我有样东西要给你看。"

"啊，差点儿忘了！"我假装刚刚想起他带我来这儿的原因。

贝诺克并没有上当，但他读懂了我的小幽默。

"你真是很讨人喜欢，莫菲尔比约！"他笑着说。

贝诺克伸手取来桌上那个脏兮兮的包裹，把它放在膝头。里面是个长条形的物品，用颜色暗沉的皮革包裹着，皮革上有数不清的白色斑点。

"这是北极猞猁的皮。"不等我发问，贝诺克就解释说。

"没见过。"

"五十年前，在断崖山脉北部，我们还能找到这种动物。可现在，它们完全消失了——过度猎杀的恶果。它们曾经是这里的森林王子。"贝诺克怀旧地说。

这张皮已经被蛀虫咬得坑坑洼洼，当贝诺克打开它时，脱落的毛发纷纷撒落在他的脚边。

突然，贝诺克开始打喷嚏。

"我对旧皮毛过敏……旧布巾也是……啊嚏……啊——嚏！啊……啊……嚏！你自己来吧。"贝诺克不情愿地把包裹递给我。

之所以说"不情愿"，是因为我明显感觉到，贝诺克很想亲自打开包裹，好慢慢享受这个过程。如果不是过敏，他肯定要就北极猞猁的悲惨命运、冷石的优点以及红烟草发表长篇大论。谁知道呢？

我三下两下就打开了这张被虫蛀得不像样的皮毛，顺手把它扔到了墙角。贝诺克为我准备的惊喜就这样呈现在我眼前。

是一把剑。一把我从未见过的剑。首先，它不带有任何装饰，剑柄很长，适合双手抓握，剑头是个黄色的琥珀圆球，护手是一块简单的铜条，无任何镶嵌物；剑锋又细又长，用一块暗色的金属制成，具有奇特的亚光，上面锈迹斑斑。

"这是一把古老的剑。"我说。

"至少有三百年历史了。"贝诺克估计。

"这种暗色的金属，是什么啊？"

贝诺克吐出一口蓝色的烟圈，笑了：

"这不是金属。"

"那是什么呢？"

"是石头。锋利而轻质，但又比钻石更坚固。"

我不解地看着贝诺克。

"我不知道。"他说。

"你不知道什么？"我问。

"你是不是要问我这种石头的出处？"

"哦……没错。"

"对此，我也一无所知。"

"既然是石头的话，为什么还会生锈呢？"我抚摸着剑锋问。

"这不是锈斑，而是一种黏性极高的矿物菌。"

我的指尖传来刺痒的感觉，这才发现，我所说的"锈斑"被蹭掉了。

"真是够脏的。"我把染成棕色的手指给贝诺克看。

他"噌"地一下站起来：

"各种洗涤剂我都试过了，欧米为此擦了好几个钟头，可休想去掉哪怕是一块矿物菌斑。可你，只是这么轻轻地一抹，就……太神奇了！"

我小心翼翼地用衣角拭擦，很快，整个剑锋就被清理得干干净净，熠熠生辉。

"就跟擦去火山灰一样！"贝诺克惊讶得合不拢嘴。

"这把剑是哪儿来的？"我问。

"我在距此约一百米的集市上发现的。"贝诺克重新坐下，"一个半伊霍格瓦人把它卖给我。他根本没有意识到这是一件宝物。"

我看着贝诺克，等着他继续往下说：

"剑柄的下方，刻了几个字。你看看。"

剑柄是白色的，用抹香鲸骨制成。我定睛看了好一会儿才找到字，字体极小，不到两毫米，应该是用针或鱼刺刻上去的。一共有六个字母。

"是古文。"

"对。"

"我看不太懂。"我不好意思地承认。

以前，我父亲总是费尽心思地教孩子们认古文，可收效不大。我们一点儿都不感兴趣，他只好放弃了我们这群又懒又笨的学生。

"但你至少认识字母吧？"

"当然。"

"这就够了。读读看！快读嘛！"

头一个字母，像是横躺着的"8"：是个"S"。第二个字母像只飞鸟，是个"N"。第三个字母是"O"，古往今来都是一个写法，很容易辨识。第四个字母和第五个相同，是"R"。最后一个字母像根双节叉，是个"I"。

"S-N-O-R-R-I……SNORRI！斯诺李！"我喊出声来。

"没错，斯诺李。"贝诺克肯定道，"你手中拿的，正是斯诺李的佩剑，有名的提尔锋。"

我简直不敢相信自己的耳朵。

"可它跟我所知的描述完全不一样。"我质疑道，"'提尔锋是无价之宝，覆盖黄金和珠宝'，你记得吗，贝诺克大师？"

我马上开始背诵全体斐兹国民——包括高高在上的国王和最卑微下贱的乞丐——都铭刻在心的诗歌：

啊，提尔锋
你是斯诺李的良伴
你是剑中之王
被你挠过的人
厉声尖叫
被你刺伤的人
痛不欲生
你那镀金的剑锋
镶嵌着蓝色宝石
你在莫菲尔的手中
令一切都渴求死亡

啊，提尔锋
你是斯诺李的良伴
你是剑中之王

"黄金和蓝宝石，对，我记得。"待我背完，贝诺克说，"可诗歌和现实，完全是两码事。"

"可是……"

"首都有一个地方，是专门收藏军械资料的。"贝诺克打断我的话，"我去过那里。你知道吗，我在那里找到了斯诺李时期的一份文件，上面描述的正是提尔锋，每一个细节，都与你手中的这支宝剑相吻合：琥珀剑头，鲸骨剑柄，简易的护手，以及由不知名的黑石头制成的剑锋。文件甚至还提到了刻字：'在一个阳光明媚的日子里，斯诺李狩猎归来，用狼牙在剑锋上刻下了自己的名字，再用鱿鱼的墨汁加以突显。'"

贝诺克抽完烟，又小心地将烟枪放回原处。

"六十年前，斯诺李过世后，提尔锋就消失了，成了一个传奇，是诗人们将它描绘成一把覆满黄金和蓝宝石的剑。"

"原来如此。"

"提尔锋的无价，不在于镀金和宝石。"

"它一定有与众不同之处。"我凝视着宝剑。

这么说，并不能准确地描述出斯诺李的佩剑带给我的感受。我对这把宝剑有种结缘已久的感觉。

"你们是天生一对。"贝诺克肯定地说。

几分钟后，提尔锋不知不觉地升温，在我掌心中变得温热。我总觉得，这是它在向我问好。

"这把剑送给你。"贝诺克起身，"它是你的了。"

我一阵狂喜，满怀感激，但又不敢相信眼前所发生的一切。就跟国王把达夫尼送给我的那天一样。

"提尔锋在我的地窖里沉睡了十年。"我们走出房间时贝诺克说，"但我从未觉得它属于我。曾经属于莫菲尔的宝剑失而复得，它不属于任何人，除非是另一名莫菲尔。"

我不知道，我可怜的小尖牙看到我连告别的话都没有，就这样离开，会做何感想？它一定会觉得我忘恩负义。它这么想也有道理。经年之后，直到今天，每当想起小尖牙，我仍愧疚得满脸通红。

英雄比约 ②

DI YU ZHI MEN

地狱之门

第 9 章

柯迪发怒

早上醒来，玛玛布从丈夫口中得知我要带走西格丽德，整个人都崩溃了。听说她给我取了很多不那么好听的名字，并祝福我立刻到达地狱，"在地狱里烧死算了"。想想还觉得蛮好玩儿的。

这个原本和蔼内敛的妇人，摔碎了她房间里所有能摔的摆设，屋子里一半什物都未能幸免于难。大伙儿尽量救下了一些，贝诺克不得不命令人把妻子反锁在房间里，自己则和茜姑一起，竖起耳朵，扒在门上，担忧地听着房间里的动静。玛玛布先是大吵大闹，继而厉声咆哮，最终放声大哭，恳求丈夫放她出来。

"我的女儿！我的小西格丽德！"她哭泣着，"别走，留下来，跟你的伊霍格瓦妈妈在一起。求你了！噢！我的小心肝，我的珍宝，别跟着这个倒霉的比约去找死！"

一提到我的名字，她的愤怒又勃然而起，令她像个泼妇一般大骂起来。她不停地捶打墙壁，撕扯衣物，突然，只听见一声东西坠落的闷响，然后什么声音也没有了。

贝诺克在地面上发现了他的妻子：双目圆睁，跟死人没两样。幸运的是，她还没死。

"你这条毒蛇！"她咬牙切齿地说，声音很奇怪，"毒——蛇！"

大家把她抬到床上——"她的身体硬得像根木头"，西格丽德后来描述——贝诺克喂她喝了一点儿有镇定效果的药茶。

得知这一切，西格丽德赶到了玛玛布的床边。

我独自一人留在西格丽德的床上。达夫尼还在篮子里呼呼大睡，我也打算学它的样子。再过两个时辰，我们就得上路了。现在正好休息一会儿。

我还没闭上眼睛，柯迪突然冲了进来，看上去特别生气。

"我不同意！"他吼道，"我反对！我抗议！我……"

"坐下再说。"我指指贝诺克的座位。

柯迪压根儿不理我，开始在房间里踱起大步来。

"到底怎么了？"

"我刚遇见斯瓦托。他说你邀请他加入我们的行动。"

"没错。"

事实上，就在一个小时前，斯瓦托亲口对我说，愿意一辈子追随我去任何地方。于是我跟他谈起这次任务，为了保险起见，我没有透露过多细节。"这次任务，真的这么危险吗？"斯瓦托问。我回答："不啻于自杀。"他说："好极了。"

"这个会飞的伊霍格瓦人，是未得逞的刽子手！是叛徒！"柯迪骂道。

"可我信任他。"我很确定。

"他甚至配不上他所呼吸的空气！"

"他是一名优秀的战士。这一点我还是有把握的。"

柯迪在床上坐下，拉起我的手：

"叫上伊霍格瓦也就算了。"他的语气变得温柔，"可是……西格丽德？！"

"西格丽德怎么啦？"

"她是个年轻娇弱的女孩。带她去，简直就是羊入虎口。"

"她的剑术不错，你亲眼看到的。"

"玛玛布说得对，你这等于是让她去送死。"

柯迪借用玛玛布那毫无根据的预言，这种说话方式令我十分不悦，我恨不得立刻就把他赶出房间。

"你还记得国王的忠告吧？！"柯迪恳求道，"那一天，他把我们召集在一起，命令我与你同行。"

我清楚地记得那天国王所说的话。一字一句，都镌刻在我心上。我复述道：

"国王说：'我建议就你们两人，轻装上阵。如果一定要帮手，选一两名壮士足矣。踏入地狱好比踏入沉睡的毒蛇窝，人越少，动静越小，就越安全。你们要像兔子一样灵活，像狐狸一样机智，这样才有胜算。'"

"不止这些。"柯迪大手一挥，"国王还说：'同路人一定要是久经沙场的战士。'"

听他这么说，我忍不住笑了。柯迪想用国王的话来压我，没想到却正好帮了我的忙。

"那你还记不记得国王给我们的最后一道忠告？"我平静地问。

柯迪认真回忆，不一会儿脸色就变了。他明白了我的意图。

"我想不起来了。"他嘟囔着。

"国王说，最重要的是，我身为莫菲尔，要相信自己的直觉，并以此为荣。你还记得吗？"

"记不太清了。"柯迪谎称。

"直觉告诉我，西格丽德和斯瓦托就是我们最好的随行人选。"

柯迪无言以对，只好起身走向门口。就在这时，他不小心踢到装有达夫尼的篮子。

"唷！"达夫尼抱怨地哼了一声，探出头来。

"这是什么鬼东西？"柯迪停下脚步。

"达夫尼啊！你不认识了吗？"

国王把小龙送给我的那一天，柯迪也在场。

"怎么会？"他语气中透着一丝轻蔑，令我十分不悦。

"他肯定觉得达夫尼长得不够健壮。"我心想。

达夫尼从篮子里跳出来，恨恨地盯着高大的柯迪。

"摸摸它吧。你们最好搞好关系，还有很长一段时间要相处呢。"

柯迪的脸"唰"一下白了。他惊愕地看着我：

"别告诉我它……"

"没错。"

"就这只乳臭未干、病恹恹的小龙崽儿？！也跟着去执行任务？！"

"达夫尼一离开我就吃不下饭。我也没办法。"

"地狱里能有龙宝宝吃的东西？你该不会以为那儿到处都是奶牛吧？"

"没关系，它可以喝羊奶。我会带上一只羊。"

柯迪举起双臂，彻底绝望了：

"老天爷！又来了一只羊！要不干脆再带些母鸡和乳猪？对了，还要带上一只公鸡，早上好给地狱打鸣啊！咯咯咯——各位魔鬼注意啦，莫菲尔比约来啦！来抢斯望王子啦！咯咯咯——"

柯迪大喊大叫，达夫尼吓得躲到床下。

"你瞧，多么勇敢的龙啊！"柯迪嘲讽着，一屁股坐在贝诺克的椅子上。

椅子"嘎"地响了一声。我以为它会垮，柯迪也不放心地站起来，转过身去检查状况，却惊奇地发现椅子不见了！

"活见鬼！椅子跑哪儿去了？"他不解地问。

这时，西格丽德正好从玛玛布那儿回来。跟我一样，她也看到柯迪像只追着尾巴跑的小狗，转个不停。贝诺克的椅子就卡在他的腰间，也就是说，正挂在他的屁股上。

"上帝啊上帝！"柯迪终于明白是怎么回事，忙着从椅子里挣脱。

　　西格丽德和我自然是一阵狂笑。

　　"哈！哈！哈！"达夫尼也从床下钻了出来。

　　尽管不明白发生了什么，达夫尼也学着我们的样子笑起来。它就像这个年纪的所有小孩儿一样，喜欢模仿大人。

　　柯迪倒退着往墙上一撞，椅子立刻碎成了几块。

　　"大不了我赔一把！"他生气地大喊。

　　突然，柯迪毫无征兆地大笑起来，还保持着撅屁股的姿势。他那爽朗的笑声，令天花板和地面都跟着颤抖。每当我回想这个场景，都觉得妙不可言——看这样子，有谁会相信，我们马上就要向险恶的地狱出发呢？

第 *10* 章

达尔王子凯旋

科依城与大海之间，覆盖着一片年轻而宁静的森林。森林里栖息着许多羽毛鲜艳、歌声婉转的小鸟，是别的地方所没有的。我们不时会遇见优雅的野鹿，几乎不怕人，还有白脖子的狐狸。北风拂面，吹来海水的气息，树叶也沙沙作响。

西格丽德在我的左边骑行。她骑的是一匹产自斯古兰国的小母马，活泼而又健硕。西格丽德把麻花辫盘了起来，发髻上插着一根箭，这是她的家乡阿卡弗约省妇女的惯常打扮。她身着浅灰色裙子，裙裾轻柔而飘扬，令她看上去就像一个小精灵。她把木质弓箭挂在身上，弓弦横在她健美的胸前。她的脖子上，戴着一串大颗的琥珀珍珠项链，那是玛玛布送给她的礼物，据说可以辟邪。

西格丽德微笑着。每当她感到幸福的时候，面庞就会格外红润。她不时向我投来顽皮的目光，我则报以无言的一吻，或扮个鬼脸。她被逗得咯咯直笑，朝我吐舌头。如果只有我们两个人，该有多好啊！我一定会翻身下马，紧紧地把她搂进怀里。

在我的右边，斯瓦托骑着一匹既没有尾巴，也没有鬃毛的伊霍格瓦马，背挺得直直的。他红色的披风迎风翻飞，比火焰更耀眼。他的马鞍上，捆着一只我们从市场上买来的山羊。山羊时不时挣扎一下，斯瓦托就轻声细语地跟它说话，温柔地抚摸它的头，它很快又安静下来。

和西格丽德一样，斯瓦托也同样享受着这美好的一刻。他的脸上，再也看不到与我对决时那紧张而敌对的表情，取而代之的是愉悦的微笑。他把这微笑送给小鸟，送给天空，当然也送给我——他的新朋友。

斯瓦托一直不知道此行的目的，也并不急于了解。他从未就此开口问过我。

柯迪骑着一匹高大的种马，雄赳赳气昂昂地走在最前面。由于时刻处于防范状态，他神情肃穆。现在是战争时期，敌人随时都有可能出现（尤其是在夜幕的掩盖下），对我们发起突然袭击。

接近11点时，我们沿着东海岸，让马儿一路小跑。蓝绿色的海面清澄而平静。很快，乔福城的轮廓就出现在海边的悬崖下。我原计划绕开乔福城，尽快赶到朗卡河谷（我的出生地），可是，在柯迪的提醒下，乔福城里的动静吸引了我们。只见城内一片骚动，十几辆马车和几列骑兵、步兵在众人的簇拥下，涌进城去。各种渔船、独桅帆船、十桨或二十桨的龙头船，满满当当地挤在沿城的海湾里。

"像是在赶集。"西格丽德说。

"不对，集市上不会有这么多人，也没有这么吵。"柯迪判断。

风儿传来一阵与波涛声完全不同的轰鸣，像是来自人群的喧嚣，夹杂着鼓点儿和尖叫。

"可能是在欢庆什么好事儿。"斯瓦托猜测。

"走，去看看。"我改变了主意。

乔福城内——乃至全国各地——人们庆祝的不是"什么好事儿"，而是一场重大的胜利。由于人太多，我们在城门口堵了很久，众人口中都在谈论一个人——达尔王子。他刚刚在二十里开外的尤普达拉城打了一场大胜仗，胜利而归。吉兹国的侵略军被他赶出边境线，而且溃退得很远。

"我们的人数只有敌军的一半，却把敌军打得落花流水！"一个年轻人兴高采烈地说。

他用"我们"两个字，说得好像自己也参加了战斗一般。

大家交谈着，议论着，显得快乐而自豪。就连不认识的人，也互相拥抱、祝贺。妇女们更是激动得一会儿哭，一会儿笑。

"达尔王子是个天才！无与伦比的天才！"一个人喊道。

"虎父无犬子！"另一个人跟着附和。

"达尔王子万岁！"有人高喊起来。

众人高声回应：

"达尔王子万岁！"

由于人潮汹涌，我们几个根本无法站在一起。柯迪在离我很远的前方，刚刚迈入城门；西格丽德和斯瓦托落在后面，被一辆挤满小孩儿的马车拦住去路。我骑在马背上，旁边是一个肩膀宽阔的老人，服饰考究，上面挂着许多军章。

"有时，发现自己错了，也是一种莫大的幸福。"

"发现自己错了？"

"不然的话，今天的我们，怎么会如此高兴呢？"

"因为胜利，因为战争结束了呀！"

"也许吧。但也是因为达尔王子终于成长为像他父王那样的人。很长一段时间以来，他就像一个被宠坏的孩子，除了吃喝玩乐、滥杀无辜，脑子里不会想别的事情。可现在，他完全变了，变成了一个有责任心，尊重神灵，热爱百姓的人。不仅如此，他还为国家打了一场漂亮的胜仗！"

老人的目光温柔地扫过人群。

"我们都以为，达尔王子以后会是一个不称职的国王，会给王国带来厄运。可现在我们放心了：他登基的那一天，将是福祉的开始。"

不消说，我是不同意这一点的。

"达尔王子万岁！"老人突然喊起来。

"达尔王子万岁！"众人振臂高呼。

我被人流裹挟着，逐渐赶上了柯迪。西格丽德和斯瓦托却还远远地落在后面。

柯迪和我来到一个人头攒动的广场上。人们载歌载舞，鼓声震天，达夫尼吓得直往我身上靠。我把它装在贝诺克送给我的腰包里。

"别怕，宝宝。"我轻轻拍着腰包，安抚它。

不远处的看台上，一个白衣人正在用木剑抽打一头老得掉光了毛的熊。这头熊被套上吉兹国人穿的长裙，戴着一顶皇冠。

"他们在模仿达尔王子和吉兹国的阿孔国王。"柯迪对我说。

"猜到了，可我讨厌人们拿动物开玩笑。"我厌恶地说。

我朝身后望去，西格丽德和斯瓦托已经消失在人群里了。我突然后悔来到这里。现在，我们也了解了这个重大新闻，没有理由再在城里浪费时间。或许我们压根儿就不该进城来。

"我们走吧！"我建议道。

"你说得没错，走吧。"

正当我们准备折返，一群带着武器的人推搡着从我们身边经过。显然是一群从未上过战场的农民，其中一个还拿着一把凹凸不平的长剑，在空中转得呼呼作响。

"朋友，你这样会伤到人的。"柯迪提醒他。

说时迟那时快，柯迪不顾刃口，抓起长剑往空中一扬。长剑飞过大半个广场，稳稳地插进一个饮水槽里。

见柯迪身形高大，长剑的主人不敢反抗，赶紧混进人堆里。

柯迪的这一举动，引来了大家的目光。加之他穿着皇室骑兵团特有的蓝金相间的长袍，很快就被大家认了出来：

"他就是红头发柯迪！"

"国王的爱将！达尔王子的挚友！"

"红头发柯迪！战无不胜的柯迪！"

当下，群情激动。大家都争先恐后地向柯迪涌过来，有人甚至想摸摸他的手或者剑。

"给我们讲讲这次胜仗吧！"一个小孩子向他恳求道。

"我没有参战，也没什么好说的。"柯迪拉了拉马缰，意欲离开。

这时，城里的一名要人登上看台。这人留着短发，穿着男式长袍，走起路来和托尔人一样。一开始，我还以为是个男人，可当她开口要众人静一静，那尖锐的嗓音使我大吃一惊。

"原来是个女的。"我心想。

"柯迪的到来，是我们莫大的荣幸！"她说道，"他的忠良之心和丰功伟绩，无人不知，无人不晓。阿哈德国王不是说：'只要我国的男人都能抵得上柯迪的一半，我们就是世界的主宰了。'"

她的话激起一片热烈的呼喊和掌声。我看到柯迪幸福得脸都红了。

女人继续说道："我代表乔福城的全体居民，向尊贵的柯迪先生提一个要求。"

她转向柯迪："如果你能即兴作诗一首，以歌颂我们最伟大的英雄——达尔王子，我们将感到无比高兴！"

柯迪是斐兹国最优秀的诗人，是少数几个能在毫无准备的前提下，就任何主题作出优美诗篇的能人之一。连国王都说，在他驾崩的那一天，他只要柯迪而不是别人，为他谱写挽歌。

人群再次响起热烈的欢呼，又全然安静下来，等待柯迪开口。

"现在我没有灵感。"柯迪说。

一阵失望的议论声传来。

"再想想吧！"一个绿眼睛的胖女人恳求道，"一定能行的。"

"不行。"柯迪不高兴地说。

看台上，那个短头发的女人显得很尴尬。

"人们常说，为一个自己所爱的人作诗，灵感总是召之即来。"她说，"难道，你不爱戴达尔王子吗，红头发柯迪？"

"达尔王子是他最好的朋友。"有人袒护说。

"可我却听说，最近他们在闹不和。"一个骑着驴的侏儒喊道。

第 11 章

柯迪忍辱负重

柯迪用挑战的目光投向那个短头发的女人。看那样子，他怕是铁了心，绝不作哪怕是一句诗。

"柯迪！"我小声说，"别犯傻！"

"我是不会在命令下作诗的。"

"可我现在就命令你作一首诗！"

短头发女人的疑心越来越重，围观的人也开始不耐烦起来。

"他是王国的敌人！"有人喊。

声音是从看台那边传过来的。

"叛徒！"扮演达尔王子的白衣男子喊道。

柯迪仍旧一言不发。再这样发展下去，我们的麻烦就大了。

"我提醒你，你是听命于我的！立刻照我说的做！"我低声对他说。

柯迪气呼呼地蹬上马镫，眉头紧锁，吟唱起来：

"我们的达尔王子不是人，

而是一个奇特的存在。"

光是开头，就听得我头皮发麻。我胆战心惊地等待下文。

"如果要我说，

他是半个神灵。"

"呼——"我长嘘了一口气。

柯迪的眉头逐渐舒展，说明灵感正充盈他的大脑。他口中吟出的诗句，至今还广为传颂：

如鱼得水

如虎添翼

他是群龙之首

所向披靡

能歌善舞

酣畅淋漓

他用千魂宝剑

谱写传奇

与民同乐

信仰虔诚

他驰骋在战场

勇猛杀敌

我瞥见西格丽德和斯瓦托分别来到广场上。我朝他们频频招手，可没被注意到。

柯迪还在一片庄严的寂静中继续吟诗，词汇的河流从他口中滔滔不绝地翻涌而来，仿佛根本不用经过他的思考，也绝不会因结巴而断流。

慢慢地，这首诗的深度和光彩逐渐显现。我知道这些优美的诗句都是歌颂达尔王子——我的死敌，不禁打了个寒颤。

"太美了！"一个女孩儿自言自语。

她是如此激动，不自觉地牵起了一位老妇人的手——可能是她的祖母。

我看到人群中有人正在做笔记。其中，一个面色苍白的小男孩儿手中的羊皮纸很快就要用完了，他只好把字越写越小，生怕落下什么。

一刻钟以后，柯迪突然停了下来。他睁开双眼，揉揉眼皮，好像刚从睡梦中醒来一样。

"我们的达尔王子不是人，"他换了一种口气，重复道，"而是一个神奇的存在。我敢说，他就是半个神灵。"

一阵长久的沉默，好像大家都还沉浸在回味之中。接着，是一阵狂热的欢呼：

"太棒了！"

"柯迪也是半个神灵！"

"伟大的诗人！伟大的诗人！"

人群又一次将柯迪包围，想要触碰他。有人举起一个小姑娘，递给他。他把小姑娘抱在怀里，温柔地亲了一下，又把小姑娘还了回去。然后，他用眼神对我说："我们撤！"

这次我们走得很轻松，眼前的人群自动散开，充满敬意地为我们让出一条路来。经过西格丽德和斯瓦托身边时，他们俩也尾随而来。柯迪急着要出城，生怕再次成为人们的焦点，被困在乔福城不得脱身。他仿佛已经看到自己被邀请参加当晚的宴会，充当行吟诗人直到天亮。

"让开！请让开！"他大声说。

当我们终于走出城门时，应该是正午时分。突然，柯迪一语不发，径自驱马爬上路边一块长满草的斜坡，山羊和绵羊正在坡上吃草。然后，这个大块头的骑士开始狂暴地扯着嗓子喊起来，催促他的马儿一阵疾驰。

"他怎么了？"西格丽德在我身后问。

"不知道。"我说着，一夹马刺，我的马儿奋蹄追了上去。

"呀！"

国王送给我一匹奢华的坐骑：它名叫费恩，能值跟它体重相当的黄金。在全国范围内，能与柯迪的坐骑相媲美的马儿不多，用一只手的指头就能数过来。费恩就是其中之一。

这段追逐持续了很长时间，而且险象环生。柯迪像疯了一样，全然不顾安危。他从高高的石墙上越过，又像龙卷风一般席卷过满是石头的山坡，甚至连遇见茂密的荆棘丛，他都不调转马头，而是笔直冲过去。

我稍有不慎，随时都有可能摔断骨头。我尽一切可能不被他甩下。柯迪显然注意到我在追他，却根本没有放慢速度。我甚至怀疑他是故意对我视而不见。

这场疯狂的追逐持续了个把钟头，柯迪终于在一块荒僻的岩石地里停下来。

他还坐在马上，弓着背，耷拉着双臂，一动不动。我走了过去：

"柯迪！"

他目光空洞地看了我一眼，被岩石划伤的脸布满血痕。

"莫菲尔比约。"他古怪地回答。

突然，他抓起马鞍上捆着的一壶蜂蜜水，一刀割断绳索，跳下马来。

他摇摇晃晃、漫无目的地走着，嘴里说着我听不懂的话。

终于，他跪倒在地上，激起一片尘土。我看见他打开水壶，大口大口地喝起来："咕噜……咕噜……咕噜！"

"柯迪！"眼前的场景令我十分震惊。

"我要好好地洗洗嘴巴，再洗洗我的心。我要净化自己……对不起，圣母玛利亚！恕我冒犯！对不起！"他突然双手合十，恳求起来。

和国王一样，柯迪也是天主教徒。因此，他和国王都喜欢求助于圣母玛利亚，而不是上帝或耶稣。

"我明知为达尔唱赞歌，只会加深人民对这个恶人的错爱。"他接着说，"我真不该这么做！可我想避免更多的麻烦，我们的任务也很重要，不是吗？我不愿意引起任何不利于任务执行的事情。对不起！善良的圣母玛利亚！对不起！慈悲的圣母玛利亚！原谅我！"

我靠着岩石坐下，抚摸着腰包。可怜的达夫尼筛糠一般瑟瑟发抖，被刚刚疯狂的追逐吓得不轻。

"没关系，不要怕。"

一只乌鸦想要停在柯迪的身边。可它很快就改变主意，拍拍翅膀，飞得老远。

"达尔王子曾经是你的朋友吗？"我问。

提出这样的问题，连我自己都吃了一惊。半分钟前，我都没打算这样做。

"是。"柯迪回答，"我们一起聚会，到处旅行、征战。他曾是一个很好的伙伴，忠诚，亲切，贵为王子却平易近人。我们情同手足。可后来，不知为什么，他变了。变成了现在这副目中无人的模样。"

柯迪向我投来痛苦的目光。

"他是一个魔鬼！"他喊道，"我亲眼看见他欺压老少，看见他……我宁可不说——太可怕了，你不会相信的。"

第 *12* 章

剧毒唾液

　　我有一年没有回过我出生的河谷了。一场致命的邪恶暴风雪，夷平了以前的森林和田地，抽干了朗卡河，把房屋连根拔起，吞噬了几十条生命（其中还有小孩儿），吮吸了他们的灵魂。河谷被摧残得满目疮痍。我和父母侥幸逃过了那个白色恶魔的魔爪，现在回想起这段往事，我仍然心有余悸。

　　以前是农庄的地方，现在只剩下回忆。朗卡河一直干涸着，成了一条阴暗而悲哀的沟壑，散发出死亡的气息。我到处寻找大自然复苏的迹象，可是徒劳无功。没有一株青草，没有一粒新芽。好像这个地方已经死寂了好几个世纪。

　　鸟类和其他动物都已离开了河谷。一丝风也没有。我们的马蹄声在光秃秃的岩石上回荡，四周一片令人压抑的寂静。

　　斯瓦托先开口了：

　　"真没想到世界上还有这样的地方，这里像是……"

　　"处于可憎而不公的怪物凌辱之下。"柯迪接话。

"看着让人想哭。"西格丽德说。

"令男人惊愕，令女人哭泣。总之都一样。"柯迪说。

当我们走向一处拐弯，我突然感觉大腿不适：原来是提尔锋。它那本已温热的剑刃，正在急剧升温，直到灼烧我的皮肤。不得已，我只好把它拔出剑鞘。

"怎么了？"柯迪问。

"我的剑在发烫。"

"说不定它发烧了呢？"

从看到我拿着这把剑从贝诺克那里回来的第一刻起，柯迪就不停地嘲笑，管这把剑叫"老古董"。我心烦，干脆没告诉他这把剑的真正来历。只有西格丽德知道，这把剑就是提尔锋。

由于提尔锋变得温度极高，我尽量把它支得远点儿。很快，骨质的剑柄也开始发热，估计很快就会烫得无法抓握了。

"比约……"西格丽德有点儿担心。

突然，剑柄的温度不再升高，相反，我的身体像受了传染似的，被一股热浪席卷：胳膊、肩膀、胸膛……奇怪的是，这种感觉，跟战斗热能在我体内复苏时极为相似。

我的脸色应该很难看。因为我发现西格丽德真是被吓到了。

"比约！"她大声喊。

"没关系。"我说。

我突然变得警觉起来，准备迎战暂时还看不见的敌人。

此刻，我们正在转最后一道弯，这里以前是省会奥克斯的所在地。昔日的大城市奥克斯，现在除了光秃秃的土地和干涸的河床，应该什么都不剩了吧？

其他的人看着我。

"拿起武器！"我命令道。

柯迪和斯瓦托立刻抽出剑来。西格丽德握紧了弓箭。我们并排，让马儿一路小跑着前进。

"啊！"不一会儿，西格丽德惊呼一声，停下马来。

几个黑色多毛的身躯，排成一线，拦住了我们的去路。乍一看，还以为是一群骑在马背上的熊。

空气中飘来一阵腐肉的臭气。

"是托尔人。"我猜测。

"不对。"斯瓦托纠正，"是沃拉热人。"

"不可能吧？"

"我敢保证。"

沃拉热是东北部的游牧部落。他们居住在大草原上，以猎杀驯鹿为生。传说在饥荒时期，他们专吃淤泥、爬行昆虫，甚至是尸体。每隔五十年，数不清的沃拉热会结成帮伙，下到我们的地区，一路烧杀抢掠，所过之处，寸草不生。最著名的一场沃拉热侵略战，发生在1038年，在我出生之前。那一年，阿哈德国王和他最优秀的战士——其中就有我父亲——出生入死，费了九牛二虎之力，才把野蛮的侵略部落赶走。要不是父辈的顽强拼搏，斐兹国早已不复存在。

除了大规模入侵以外，也有一些胆大妄为的沃拉热，结成小队，不时来犯，抢掠一两处农庄，或是打劫路人。神不知鬼不觉地来了又去。现在，我们就要对付这样的一帮人。

我们又向前几步。沃拉热们毫无退让之意，那样子仿佛在说："管你们是进是退，今天都跟你们铆上了。"

很快，我们就近得能看清他们的脸：他们身披动物皮毛，蓬头垢面，眼珠暴突，打量着我们。嘴唇不停地蠕动、吐口水。

"嗝！"其中一个打了个响嗝，其他人跟着一阵哄笑。

沃拉热的笑声，像是乌鸦叫。

"他们到底是人还是兽？"西格丽德厌恶地问。

"他们是人，只是没活出人样而已。"柯迪说。

"我数了数，一共二十八个。"

"二十九。"柯迪更正，"从左边数起的第三匹马上，坐了两个人。"

"依你之见，他们想怎么样？"西格丽德问。

"想讨些糖吃。"柯迪开玩笑。

"沃拉热很少心怀好意。"

斯瓦托边说边从行李中抽出一支狼牙棒。伊霍格瓦的战士不太用盾牌，喜欢用钝器或第二支剑取而代之。

这群沃拉热人一直不动，只是一边吐口水，一边用轻蔑的目光看着我们。其中一个膀大腰圆、安了一条木头假腿的矮子，还怪里怪气地朝西格丽德抛飞吻。

"米兹米娜！米兹米娜！"他转动着眼球，重复着说。

"我们不能一直这样待下去吧？"柯迪不耐烦了，"我去找他们谈谈。"

他正要向前，我一把拉住了他的衣袖：

"让我来。"说着，我把提尔锋递给他。

"悉听尊便。"

柯迪脾气不好，我可不想因为他而错过任何和谈的机会。

"小心一点儿！"西格丽德提醒我。

"你们多加防范。"我语气坚定地说。

国王曾给过我一个钱袋，里面装满了黄金，还有三颗钻石。我把钱袋缝进裤子的里衬。我手头有的是钱，打算买通了这帮沃拉热，好过路。

我举起双手，示意没带武器，然后朝那个像是头领的沃拉热走去。他比其他人更壮硕，身上到处都是疤痕，头大得出奇，跟身体不成比例。大头上扣着一顶托尔人的尖顶头盔。他一手持斧头，一手持盾牌，盾牌是圆形的，上面裹着熊皮。他吐口水的方式与众不同：先是身体向后仰，吸着鼻子，喉咙里轰轰作响，然后像发射炮弹一样，把口水吐在他相中的小石子上。

石子虽小，可他的口水百发百中。精准度之高，令我感觉情况不妙——因为沃拉热的口水是有毒的。幼时起，他们就练习吃毒草，一开始吃一点点，逐渐加大剂量，身体慢慢适应，毒草对他们来说完全无害，他们的口水反而成了一种剧毒。我父亲多次提到，他的马就是因为被沃拉热的口水命中，几秒钟内就倒地不起。"沃拉热的口水虽然不能致死，但足以使一头鲸鱼陷入昏迷。"

"你们好。"我鞠了一躬。

沃拉热只是轻蔑地一笑。有两三个人朝我吐舌头。我装作没看见，掏出了钱袋。我刻意放慢动作，显示出毫不慌张的样子。其实我本来也很平静：由于战斗的热能一直在我体内，我一点儿也不感到害怕。

在解开钱袋的同时，我也在观察对方。每个沃拉热携带的武器都不一样：托尔式弯剑，斧头，叉刀，六齿钉耙……唯一相同之处，就是每个人都持有裹着兽皮的圆形盾牌。

他们骑的马，脖子上挂着兔子、乌鸦和麝鼠的尸体。我看见还有一只死狐狸和一条去了头的母狼。这些东西全都腐烂得发臭，我猜沃拉热说不定就喜欢吃腐肉，喜欢闻这臭烘烘的气味。

我脑中响起了父亲的话语："沃拉热人如此邋遢粗俗，简直无以复加，好像他们特别乐意以这副模样出现在定居民族的面前。"父亲还补充说："我真想变成一只老鼠，去沃拉热的居所转一圈。说不定他们的营地倒挺干净，老婆的头发也梳得很利落呢！"

"如果你们要钱的话，我已经准备好了。"我抓了一把金币说道，"这些金币，都是崭新的莫克，能值一大笔钱。只要你们放行，这些全是你们的。"

为首的伸出一小截舌头，又迅速地收回。他重复着这个动作，我提高了警惕。果然，一团口水朝我飞来。

口水的目标是我的额头，好在我及时避开了。第二团口水紧随而至，隔之前的不过半秒。我的耳朵不幸中招儿。

我这辈子都没见过这么快的发射物。我敢打赌，这家伙的口水，连箭都追不上！

我用手背擦擦耳朵。这黏糊糊的玩意儿留在皮肤上的刺痛感，是我有生以来最痛苦的回忆。

"他吐中你了？"柯迪在我身后问。

"碰到了我的耳朵。"

"上帝啊！"

"快回来！"西格丽德喊道。

第 *13* 章

会咆哮的剑

　　我让费恩倒退着走，好让敌人一直留在我的视线中。我时刻等着他们发动进攻，他们却偏偏不紧不慢地打量着我。显然，他们以此为乐。

　　当我退回到队友身边，柯迪一把抓住我的缰绳，把我往后引：

　　"要晕倒也选个远点儿的地方。快！"他命令道。

　　尽管心不甘情不愿，可我还是服从了他的命令。因为我别无选择。

　　我甚至打算跳下马，坐在地上，乖乖地等待失去知觉的那一刻。可某种说不清的预感，让我继续停留在马背上。

　　西格丽德不时回过头来，查看我的状况。沃拉热们也在等着看我像个皮口袋般倒在尘土里。只可惜，好几秒钟、好几分钟过去了，我连一丝头晕的感觉都没有。

　　"你是不是还醒着，比约？"柯迪喊道，没有回头。

　　"是。"

"难怪这帮先生们一脸不解的样子。"

沃拉热确实有点儿坐不住了。尤其是头领，对我所表现出来的抵御力大吃一惊，圆珠似的眼睛瞪得大大的，死死地盯着我。

又过了一会儿，我的视线终于开始变模糊，头部一阵剧烈的疼痛，身子也跟着晃悠起来。

"糟糕！"我暗忖。

体内，战斗的热能迅速从我的四肢和胸腔撤离，聚集到头部，好像我所有的力量都从脚底涌向头顶。今天回想起来，当时的感觉，仿佛是有无数细微的龙头船，取道我所有的血管，冲去营救危机之中的大脑一般。

于是，一场激烈的战争在我体内打响了。我感觉脑浆在沸腾。据西格丽德说，后来我大吼了一声——那是如困兽般的吼声。突然，仿佛有人在我额头上放了一块清凉无比的石头，我又恢复了神智。那些细微的龙头船纷纷掉头而归，在我体内重新回到了各自的岗位上。

沃拉热头领不耐烦地看着我的一系列变化。有那么一会儿，他以为胜利了，可接下来又发现我还好好的。他的手下议论纷纷，其中三个好像要走的样子。

头领朝他们哇里哇啦地说了一通，好像是在骂人。

"'卡多'莫菲尔！"三个想逃的人中有一个喊道，像是在回答。

说完，他赶着马儿，转身就逃。说时迟那时快，头领把手中的斧头一扔，正插在那倒霉鬼的背上。他滚下马来，扑到地上，死了。

其余的沃拉热挤成一团，所有逃跑的念头都消失得一干二净。头领用粗鲁的嗓门朝他们下了几道命令，也许是在部署战略。时不我待，我解下腰包，弯下身来，轻轻地放在地上。

"给我提尔锋！"我喊道。

柯迪反应迅速，立刻把剑抛给我。我朝空中一抓，握紧宝剑，全速发起进攻。我的队友们紧跟着我，疯了一般怒吼着向敌人冲去。他们所表现出来的勇气深深打动了我，毕竟他们并不像我一样拥有特异功能，可以成倍地增加自身的力量和能力。

"阿哈德！噢！阿哈德！"柯迪咆哮着，杀进敌群。

"阿哈德！噢！阿哈德！"我也扯开嗓子大喊。

后来我才知道，西格丽德和斯瓦托很快就出局了：西格丽德还没来得及射出箭，手臂就被两团口水命中，脖子上也沾了口水，很快就晕了过去。斯瓦托呢，一支鲸鱼叉正中他坐骑的眉心，可怜的马儿当场死亡，斯瓦托跌下马来，撞到一块石头上，失去了知觉。

柯迪手持大盾牌，挡住了不断飞来的武器和口水。另一手挥着贝诺克送给他的双头斧，重创敌方。

我的盾牌同样也派上了用场。当我手持提尔锋，发出头几次攻击时，连我自己都被吓了一跳。首先，我的剑会吼叫——

"嚯！"每次它出击，都会发出一声吼叫。

而且，它与其他武器的撞击，我几乎感觉不到，以至于一开始，我误以为是自己打偏了。可我马上就明白了真相：不知用何种魔术，提尔锋能消音减震。我能耳根清静地作战，承受的反作用力也不到原来的十分之一。

原来，极度紧张也可以促使战斗热能迸发。我完全忘记了自己是谁，要去向何处，而仅仅只是一名斗争中的战士。

提尔锋与我彼此交融，合二为一。它的一声"嗵"，仿佛出自我的口中；它的剑身里，有我的血液在流淌。

二十个沃拉热把我团团围住。不断有口水、斧头、长矛和短刀飞来，都被我一一躲开。有时，胆大的会前来与我单挑，可撑不到一分钟，就败下阵去。

"嗵！嗵！嗵！"提尔锋吼叫着。

对手的剑不是被打飞，就是被砍断，像我可怜的小尖牙那样折成两截。

当我与其中一个对决时，其他的沃拉热就会趁机从背后偷袭我。实在对不住他们，我总能看透他们的伎俩，好像我背上长了眼睛似的——还不止一只。

"'卡多'莫菲尔！"沃拉热一个个都目瞪口呆。

"多谢了，我宝贵的战斗热能！"我一边发起进攻，一边自言自语。

费恩原地打转，鼻孔里喷着粗气。它密切关注决斗的进展，揣测我的需求，时不时恰到好处地补上一蹄。敌军已经有两匹战马倒在了它的铁蹄之下，伤者更是数众。

一有空闲，我就扭过头去，用目光找寻西格丽德和斯瓦托。看到他们都已倒地，我都快惊呆了。

"我想他们应该只是被口水毒晕了而已。"柯迪一边安慰我，一边把手中的斧子狠狠劈下去，沃拉热头领的盾牌顿时一分为二。

"悠着点儿！"我朝他喊道，"打晕就行了，留个活口！"

我自己也打算有所保留，只除去他们的武装。因为我担心，如果杀了对手，会激起他们的报复。另外，杀人也不是我喜欢做的事情。至今为止，我还没有、也不急于夺去任何人的生命。

多年以后，柯迪还在抱怨，我这声"悠着点儿"的命令，害他走神了："要我可怜这些臭烘烘的脏东西，还真让人费解！这样一来，'噗'！我头上就中招儿了——当然是从后面飞来的口水。"

也不晓得他说的是真是假，重要的是：他确实晕过去了，留下我一个人孤零零地对阵所有的沃拉热。

这时，我犯了一个重大的错误。看到敌人纷纷倒下，我满以为胜券在握，于是开始掉以轻心。

第 14 章

提尔锋飞身救主

现在，我把对决当成一场游戏，把仅存的几个对手赶得团团转。用行话来说，我这是在"陪敌人遛圈儿"呢。我尝试了一些自己发明的招数，好几次都故意手下留情，好让这场游戏持续久一些。我索性连盾牌都不要了，觉得它没多大用处。当然，这样做有点儿不谨慎。因为，不知不觉之中，战斗的热能开始慢慢退却。

当柯迪摔下马时，战斗的热能已经完全从我身上消失了。我手中的提尔锋也变得冰凉。

目前，周遭还有十一个沃拉热，其中包括那个强悍的头领。我想他们可能看出了我有些不对劲，因为我的表情一定很焦虑。

柯迪一倒，他们好像又有了信心和勇气，全都拼了命似的，一窝蜂地向我发动进攻。

就在刚才，战斗的热能让我免遭口水毒害。可现在，战斗的热能已经离我远去了，我完全暴露在危险之中。

"但愿他们不会吐口水。"我忧心忡忡。

好在，这些沃拉热误以为我和他们一样，天生对毒药具有免疫力。

我很快就领教到，这剩下的十来个沃拉热，全是功夫最棒的。他们出手快，剑法刁钻，有好几次我都险些上了他们的当，陷入他们用刀剑编织的迷网之中。

"咴！"费恩嘶鸣着，身体的两侧和胸前都有刀伤。

一阵恐惧向我袭来。我连一些简单的招数都使不好了，好几次都打空，整个方寸大乱。我恨自己太轻敌，让战斗的热能消失殆尽。这是我这辈子干过的最傻的事情。

"你不过是个小毛孩儿，比约！"我嘲笑自己，"你枉费国王的信任！"

突然，沃拉热头领的斧子朝我额前砍来。万幸的是，只有斧尖触到了我。惊吓中的我跌落马背，直直地趴在地上。

眼睛上方一阵灼痛，很快，我的视线开始模糊。我用衣袖擦拭不断流出的鲜血。

沃拉热把我团团围住，马蹄几乎要踏到我身上来。头领用凶残的目光打量着我，舔着嘴唇，像一头伺机扑向猎物的恶狼。

"'卡多'莫菲尔！"他用一种嘲讽的语气说。

其他沃拉热爆发出一阵轻蔑的干笑。

但是，他们并没有利用坐在马背上的优势，而是翻身下马。看来，他们自觉赢定了，想要好好享受一下胜利的快感。

我重新站起来，双手紧握提尔锋，等待着。

刀剑从各个方向朝我袭来。很快，我的手臂又被首领重伤，身体其他的部位也多次受袭，我开始大量失血。

"完蛋了。"我想。

必须承认，我开始感到绝望。就在我分神的这一小会儿，头领趁机高举斧头，全力向我砍来——当时，斧头与我的脸之间，只有一根头发那么细的距离。

不过，也不能说他打空了——斧头直飞向我后面的那个沃拉热人，在他胸前砍了个正着，他应声倒地，当场暴毙。趁着混乱之时，我冲破敌人的防线，跑到更远的地方，好喘一口气。

沃拉热很快追了上来。

"你是一个莫菲尔！"我鼓励自己，"莫菲尔！以上帝的名义！"

提尔锋的剑柄突然开始迅速升温，接下来发生的事情，连我自己都大吃一惊。提尔锋在我的手中尥起蹶子来（我找不到比这更好的字眼来形容），好像不是我指挥它，而是它指挥我。

"嚯！嚯！"

上上下下、左左右右，只见提尔锋一会儿腾空跃起，一会儿翻身回旋，把敌人手中的刀剑砍得粉身碎骨、渣滓横飞，好像它们不是金属，而是泥捏的一般。沃拉热节节败退，头领的眼珠惊恐地滴溜着，看着眼前突发的情形。

突然，提尔锋猛地把我往前一拉。那感觉像是一条发狂

的狗，任它牵扯着跑。这时，我的脚被一名倒地的伤员绊到。

"不好！"正想着，我摔了个狗啃泥。

真倒霉！敌人再次把我包围，而我却趴在地上，一时难以动弹。

头领笑了。他挥舞着沾满鲜血的斧头，其他的部下也模仿他的做法。十几件武器在我周遭飞舞，随时准备在我身上着陆。没错，我成了一个死囚，刽子手不是一个，而是十个！

说时迟那时快，我突然感到手心一阵滚热，提尔锋已经从我手中飞射出去，笔直地插进沃拉热头领的咽喉。

头领发出一声嘶哑的长喘，双臂在空中徒劳地抓了两把，最终向后倒去。

这一幕把其他的沃拉热吓呆了。我趁机横腿一扫，像九柱戏①的滚球一样，绊倒了两三个沃拉热，自己却一跃而起。

我手握一把从地上捡起的长剑，信心满满地等着敌人发起进攻。

"我是莫菲尔比约！"我大声向敌人宣战。

他们惊恐地看着我，旋即以最快的速度为散落在四周的同胞收尸，然后慌里慌张地翻上马背，彻底消失在一道山岭后面。一切，就像在我眼前以快进模式播放的录影带。

我走到头领的尸体旁边。他的脸上还有痛苦的表情，脖子也可怕地扭曲着。我得从这副布满血痕的皮囊上取回提尔

---

① 译注：起源于公元 3~4 世纪德国的一种游戏，在当时欧洲贵族中颇为盛行，被认为是现代保龄球运动的前身。

锋，只好闭着眼睛完成了这个令人恶心的任务。

"这是你第一次杀人吗？"柯迪问。

我没注意到他已经醒了，正站在马儿身边，双手抓住缰绳，身子还在微微发抖。他的马儿怜爱地往他脖子上吹气。柯迪的脸上和左耳上，还留着快要干掉的血迹，精美的长袍也被血渍弄脏了。

"是的。"我迟疑了一下，承认道，"这是我第一次……"

"看得出来，你还有点儿不适应。不过会好的。"

头领的熊皮外套半敞着，里面的衣服吸引了我的注意。我用剑尖挑开他外套的衣襟，里面是一件精致的刺绣马甲，从上到下，甚至在口袋上，都用银线绣着捕猎驯鹿的图样。说实话，我从没见过这么精美的绣工。

这马甲是偷来的吗？还是沃拉热人自己的作品？驯鹿的图案，让我觉得第二种可能性比较大。

马甲的一个口袋鼓鼓的。我从中取出一个钱袋，跟我的那个十分相似。打开一看，钱袋里装的都是崭新的莫克，说不定跟国王送给我的那些是同一批铸造的。

"你瞧。"我朝柯迪指指钱袋。

"肯定是抢来的，这帮混蛋！钱的主人现在不晓得在哪里腐烂着呢。"

"不一定。"我半信半疑，"除非有人来过这个死寂的河谷。"

"说不定是他们在乔福城或别的什么地方打劫的。"

"也许吧……可刚才，我强烈地觉得，他们是特意守在这里，等我们到来。"

"当然。他们很远就看见了我们，于是躲好，等着我们上钩。别多想了，比约。没有人知道我们要去哪儿，要做什么。"

"可他们明明管我叫'莫菲尔'。"

"这倒是。"柯迪承认道，"我没想到这一点。确实有点儿古怪。"

我在西格丽德的身旁坐下。她还在昏迷之中，呼吸困顿而急促。

"亲爱的……"我在她耳边轻声呼唤。

她听不到。我抚摸着她的头发。达夫尼笨拙地跑过来，摇着尾巴，舔舐着西格丽德的脸庞。

"别闹了。"我推开达夫尼，"瞧你，弄得她满脸都是口水。"

"吓——"

达夫尼咕哝一声，跑到旁边生闷气。

我叠了一件衣服，垫在西格丽德的头下，好让她尽量舒服一点儿。我本来还想把她的弓箭拿开，但没成功——她紧紧地拽着弓箭，就像拽着一根救命的稻草。

"她会睡上好几个小时，说不定明天才醒来。一旦她醒来，肯定又和以前一样，活蹦乱跳了。"

是斯瓦托在说话。他刚刚从昏迷中醒过来，小羊就站在一块大石头上，温柔地看着他。斯瓦托的一只脚还压在他死去的马儿的身下，他几次努力想要抽出，都没有成功。他身体还很虚弱。

柯迪和我费了好大的劲儿才把他的脚挪出来，因为我们也筋疲力尽了。

"小心我的披风！"斯瓦托提醒我们。

"知道啦！你少乱动！"柯迪回敬道。

我给斯瓦托喂了点儿水，把他安放在西格丽德旁边的皮毛垫子上。我检查了一下他的腿。还好，没大碍。

斯瓦托躺下不到一分钟，就又重新晕了过去。

"瞧瞧我们这些同伴，多么令人自豪！"柯迪指着昏迷中的两人，"了不起的战士！绝对的！"

"他们只是不太走运而已。"我说。

"既然你这么说……"

柯迪在我身边坐下，拿烧酒蘸湿布巾，开始清洗脸上的污渍。我则擦拭提尔锋，以此嘉奖这位战斗中真正的英雄。

柯迪好奇地看着。我知道他急于想知道些什么。

"有事吗？"我假装无意地提起。

"我可啥都没说！"

"哦！抱歉。我还以为你想问我什么呢。"

"没有！只是……呃……那个……算了。"

"你说什么？"

"你这把吵吵嚷嚷的剑，到底是从哪儿来的呀？"柯迪终于忍不住了，指着提尔锋问。

"贝诺克给我的呀，你知道的。"

"没错，可……它有名字吗？"

"'老古董'。还是你给取的呢。"

柯迪眉头一皱，责怪地看了我一眼。我回敬给他一个无辜的笑脸。

我们都不说话了，一个擦脸，一个擦剑。时间嘀嗒，嘀嗒，嘀嗒……

突然，柯迪大笑起来。

"好你个比约！"他拍着大腿说，"怪我小看了你的黑剑，故意拿我开玩笑呢！不是吗，啊？真是睚眦必报啊，哈哈！"

接着，他又是一阵捧腹大笑，眼泪都快笑出来了：

"比约是小气鬼！比约是淘气包！哈哈哈！"

我也乐了，两人的笑声在河谷里回荡。

"你俩怎么了？"斯瓦托睁开眼睛。

"你知道吗，这位著名的莫菲尔，他捉弄人呢！"柯迪说。

"岂敢，岂敢。"我噗哧一笑。

"你俩疯了。"斯瓦托用虚弱的声音总结。

我把手放在他的额头上，很烫。

"你在发烧。"

我从行李中取出一块冷石，劝斯瓦托放在额头上。

"再把这个含在舌头底下。"我把一枚艾尔法果递给他。这是一种退烧良药。

显然，我的关心令斯瓦托有点儿受宠若惊，但他心里很高兴。

"你受伤了！"他注意到我手臂上的伤口。

"柯迪会帮我包扎的。"我安慰他。

"得赶紧包扎才行。"

"来了，来了。"柯迪拿着纱布跑过来。

他小心翼翼地抬起我的手臂，开始清洗伤口。

"等一下还得看看他的眉毛，"斯瓦托建议道，"那儿也有一个很严重的伤口。"

"别烦我的医生。"我开玩笑说。

"话说，你的这把剑？"柯迪又问了，不过这次挺认真的。

"你想知道它的名字？"

"是的，是的。我承认！"

"它叫提尔锋。"

柯迪脸色大变：

"提尔锋？！斯诺李的提尔锋？"

"正是。"

"可……"

"我知道，它不像诗里说的那样，又镶金，又嵌宝石。可它确实就是提尔锋。信不信由你。"

"我相信你。"

柯迪不说话了，只是盯着我的宝剑，像个膜拜中的孩子。

"如果你愿意，可以拿去试试。"我建议道。

"不。"柯迪稍稍往后欠身，"这是属于莫菲尔的宝剑，我不过是一个普通人，不能拿。"

第 15 章

地狱的入口

断崖山脉由七座高山组成。这些高山的山顶终年积雪覆盖，形状怪异，仿佛曾有一个狂怒的巨人，拿斧头把山崖尖儿削平了一般，"断崖"二字即由此而来。

正如我所说，拉夫宁山是断崖山脉的最高峰，好似巨人斧下唯一的幸存者。它的山峰比长矛还尖，像要刺破月亮的肚子。

地狱的入口——准确地说，是通往地狱之路的入口——就在拉夫宁山北坡，海拔极高。1066 年 8 月 12 日早晨，也就是我 14 岁生日前一天，我们开始登山。我让斯瓦托坐在我的身后，两人共骑一匹马。西格丽德则负责看管那只羊。

脚下的路迂回曲折，十分狭窄，很快，马儿就无法前进了。我们不得不徒步行走，跟马儿说再见。西格丽德的小母马在阿韦尔长大，认得路，能带领其他的马儿回家去。

我知道，看到没有主人的马儿独自回家，家里人肯定会很担心，我妈妈又总是容易想到最坏的一面。于是，我拿出一块羊皮纸，塞在西格丽德坐骑的马鞍下，上面写着：

"白马是我的，名叫费恩。黑马是红头发柯迪的，它脾气不好，但绝对是数一数二的好马。至于这匹母马，你们肯定认得。我们要去的地方，马儿走不了。明天是我的生日，我很想你们。国王给我的任务并不是那么危险，但却很耗时。复活节和圣诞节，我都不会回来了。西格丽德向你们问好。我深爱着你们。——比约"

"附：柯迪请求我父亲，带他的马儿出去溜达溜达，每天至少两次。至于我的费恩，就交给居纳吧。"

我们很高兴地发现，去年的雪暴并没有触及拉夫宁山。山坡上仍然绿树成荫，艾尔法果树随处可见。它们粗壮的树干紧贴峭壁，最大限度地避开狂风。深蓝色的树枝十分光滑，上面挂满了艾尔法果，我趁机摘了不少备用。要知道，艾尔法果不但能退烧，还能治疗腹痛，帮助伤口愈合。

山羊走在我们前面，在岩石上跳来跳去，不时啃一啃地上油光发亮、像沃拉热人头发般乱糟糟的草丛。有时，这个小家伙会停下来，蹄子敲打地面，嘴里"咩咩"叫着，不耐烦地催我们跟上。如果它觉得我们走得实在太慢，就会全力冲过来，跑到柯迪背后，顶他的屁股。

"真是没完没了。"柯迪咕哝，"你怎么总是欺负我啊？去烦别人行不行？"

我和西格丽德交换了一个逗趣的眼神。

"应该给这只羊取个名字，"斯瓦托说，"这样好对它开展教育。"

"没错。"西格丽德表示同意。

"就叫'捣蛋鬼'。"柯迪建议。

"应该叫'跟屁虫'才对。"西格丽德更正道。

"可是,它只对柯迪大人的屁股感兴趣啊!"斯瓦托提醒大家。

"确实。"我说,"它应该叫作'红头发柯迪的跟屁虫'。只是名字稍微长了点儿。"

山羊围着我们转,每次有人说话,都会看过去,好像听得懂似的。

"斯诺李也有一只山羊,"斯瓦托想起来,"像只狗一样到处跟着他。"

"对啊!"我喊道,"我差点儿忘了。"

"它叫什么来着?"斯瓦托问。

"达琪。"柯迪回答。

"这名字真美。"西格丽德说。

"这名字不错!就叫'达琪'吧?"斯瓦托总结。

"同意。"我说,"不过,叫它'达琪二世'吧,更准确。"

"我明白了。"柯迪嘲笑说,"这样一来,以后诗人唱起你的赞歌,就不会把眼前的这个小玩意儿跟斯诺李的山羊弄混了。要知道,它可是莫菲尔比约伟大探险中的关键人物!"

"谁知道呢?"斯瓦托说,"说不定达琪二世会在地狱之行中发挥作用呢。"

显然，斯瓦托已经知道了此行的目的地。我是前一天晚上告诉他的。得知任务的真相后，他不但毫无退缩之意，反而十分高兴："达尔王子痛恨伊霍格瓦和托尔人，这是人人共知的事实。"他正经地说，"如果有一天他登上王位，那将是我们这些非人类的苦难之始。他们会烧毁我们的房子，夺走我们的土地和财产。正因为如此，我才会高喊'斯望王子万岁！'""如果斯望也有种族歧视呢？"柯迪问。斯瓦托只是平静地说："无论如何，值得一试。"

我们爬了近三个小时，来到一大片半圆形的空地上。空地的中央有一个洞，不断有五颜六色的蒸汽冒出来。

"大洞口到了。"柯迪宣布。

这里的地面长有平整的棕褐色细草，不断随着地面微微震动。我们仿佛站在一块巨大的鼓面上。

洞口周围散落着各种物件：被风雨严重侵蚀的小泥人，象征着玛玛菲嘉；生锈的武器，首饰，盛有食物残渣的盘子，装着各式饮料的瓶子……估计都是当地村民献给地狱女王的贡品。

河谷被雪怪摧残之后，这个地方现在已经少有人烟了。

"为什么村民们不直接把贡品扔到洞里头去呢？"斯瓦托问。

"有的会这样做。"我说，"但如果玛玛菲嘉不满意的话，就会从洞里吐出火焰和熔岩。洞口的人如果不能及时逃走，就只有死路一条。"

我也是第一次来大洞口。以前母亲从不让我靠近。但作为河谷的居民，我经常听到来自拉夫宁山的轰响。有些夜晚，我们能看见巨大的火焰腾空升起，照亮夜空。这一切看上去美丽而令人兴奋，可我父亲却恨之入骨："玛玛菲嘉阴险狡诈，嫉妒心强，见不得我们有葱绿的牧场和清新的空气。总有一天，她会要了我们的命。"

洞口周围留下的黑色痕迹，令人想起过往的火焰喷发。我感到西格丽德在我身边打了个寒战。

"这些都是来不及逃跑的人。"柯迪指着一堆石头说。

走近一看，这些石头有人的形状：男人，女人，还有几个孩子，先被活生生地烧死，然后被熔岩覆盖。玛玛菲嘉的愤怒使他们变成了永远的石像。这下轮到我打寒战了。

"爸妈从没提起过这些悲惨的石像。"我说，"不过，他们应该知道有这么一回事。"

"太可怕了！"西格丽德激动地握紧我的手。

"丫头，等你到了地狱，这样可怕的东西多的是！"柯迪预言，"你得习惯。"

他转向我，表情很奇怪。那是一种混杂着不安和决心的神情。

"比约，"柯迪说，"我想试试诗人的测试。可以吗？"

"我早就料到了。"我坦言。

诗人的测试，是指诗人在大洞口边大声念一首诗作，如果玛玛菲嘉喜欢这些诗句，她会给出奖励；如果她不喜欢，则会吐出火焰。

"玛玛菲嘉的评价，对你来说很重要吗？"斯瓦托问柯迪，"据说她本人肮脏粗俗，经常好几个小时不停地打嗝、放屁。"

"她可能是粗俗，但她对诗人的评判，却从来没有失误过。所有伟大的艺术家，只要来过大洞口，都会得到玛玛菲嘉的赞赏和礼物。而那些滥竽充数者，得到的只有怒火。"

"好诗人得到的礼物是什么？黄金吗？"

"也许吧。"柯迪回答，"已经很久没有人通过这个测试了。"

柯迪再次转向我：

"比约，"他看着我说，"你是这次任务的首领。我是否能向玛玛菲嘉作诗，全听你的。"

我迟疑了。我清楚，这样做的风险是极大的。一旦柯迪的诗作不被玛玛菲嘉看好，我们转眼就会变成一堆石头，张着大嘴，抱着双臂，就像身边的这堆石像一样。

"你们可以先躲起来。"柯迪焦急地请求。

我思量着这场测试对柯迪的重要性。斐兹国所有的诗人，甚至是外国的诗人，都梦想着有一天能在大洞口俯身作诗。

我想了很久，双眼盯着那些黑色的灰烬和浓烟。

"这么做的风险很大，而且，对我们的任务来说，这场测试毫无意义。"我心想。

不过，我从未怀疑柯迪作为诗人的才华。正是这一点，让我决定答应他的请求。

"好吧。"我最终说，"不过，我要留在你的身边。"

"我也是。"西格丽德说。

"还有我。"斯瓦托说。

大家反应一致，没有片刻犹豫。

柯迪脸上散发出幸福的光芒。他放下行李，庄严地向前迈出一步，来到大洞口边。达琪二世高兴地跟着，在他两腿间蹿来蹿去，差点儿没把他绊倒。"咩咩咩——"达琪二世用自己的语言跟柯迪交谈，谁也不知道它在说什么。

"走开！"柯迪命令道，他已经在大洞口边蹲了下来，"现在可不是推我的时候。"

他边说边抚摸着达琪二世的头，声音充满温柔。

"快过来，达琪二世！"我喊道。

令我吃惊的是，这只山羊居然马上服从了我的命令，蹦蹦跳跳地跑到我身边，样子十分滑稽。

柯迪待在大洞口边，沉默了好一会儿。然后，他探出身去，头朝着大洞口，开始说话了。他洪亮的声音在洞里回荡，把我腰包里的达夫尼都吵醒了：

"玛玛菲嘉，地狱女王，我是红头发柯迪。今天，我要作诗一首，请你评判。无论你的回答是什么，我先行谢过。"

说完，柯迪清了清嗓子，开始作诗。

第 16 章

玛玛菲嘉的评判

柯迪曾经有一个儿子，10岁那年在一场海上风暴中遇难。这是国王告诉我的，柯迪本人对此从来只字不提。这一天，柯迪在大洞口旁所作的诗歌，就是关于他儿子的。诗句源源不断地传入洞内，就像一枚枚宝石坠落。在诗歌中，柯迪幻想未来有一天能够与儿子重逢。他谈到儿子的脸——他想极力留住，却在记忆中逐渐模糊的容颜。

突然，柯迪话锋一转，在诗歌中哭诉他对上帝和耶稣（而不是圣玛利亚）的怨恨，恨上天不公，让他们骨肉分离。他愤懑难平，却又无能为力，随即自责连连。他在诗歌中以再平凡不过的句子，讲述了他的度日如年，如何一次又一次在绝望中挣扎，一次又一次摆脱求死之心。至今，他还在坚持，还在呼吸，全是因为心底一个说不清、道不明的原因。最终，他恳求儿子的原谅。

诗歌的最后两句是：

亲爱的儿子，唯一能让时间无能为力的，是爱。

　　等着我，爸爸会准备一个惊喜，为你而来。

　　很久，柯迪都一动不动。我们走过去，把他扶起来。显然，刚刚那首诗，耗尽了他所有的精力。我本想说一句赞美的话，但最终还是作罢——在一件太美好的事物面前，所有的赞美都是苍白无力的。柯迪的这首诗，深深震撼了我，他以前所作的任何一首诗都无法与之媲美。

　　我们靠着一块岩石坐下，等着玛玛菲嘉的评判。西格丽德开始给达琪二世挤奶，这可不容易，因为达琪二世总是蹦来蹦去，一会儿就跑开了。直到我过去帮忙，西格丽德才勉强挤出一碗奶，被达夫尼一口喝得精光。

　　达琪二世和达夫尼彼此还不太熟悉。一旦达琪二世想靠近达夫尼，达夫尼就赶紧跑到我身边躲起来。

　　"它不会伤害你的。"我安慰达夫尼。

　　"得给它一点儿时间适应，"斯瓦托说，"事情是勉强不来的。"

　　时间一分一秒地过去，地面一直在轻微震动，没有任何变化。

　　"真久啊。"西格丽德说。

　　"我的诗歌得走好长一段路，才能到达地狱，被玛玛菲嘉听到。"柯迪解释说，"同样，玛玛菲嘉的回答，也需要很长时间才能到达地面。"

西格丽德趁等待的这会儿，为我检查手臂上的伤口。由于抹了烧酒和艾尔法果，伤口恢复得很好，没有任何被感染的迹象。

"你们最好还是先躲起来吧？"柯迪建议。

"我们就留在这里。"西格丽德说。

斯瓦托点点头，表示同意。我也是，根本没有想要躲起来。

"你的儿子叫什么？"斯瓦托问柯迪。

"勇。"柯迪低声回答。

斯瓦托从行李中取出一个水壶，递给柯迪。

"烧酒吗？"柯迪问。

"不，蜂蜜水。"

柯迪一把接过去，咕咚咕咚连续喝了十几口。

"啊！"他把空水壶还给斯瓦托。

不一会儿，地面发出轰隆隆的声音，开始震动起来，程度越来越强烈，快要达到极点了，如果我们站着的话，肯定会摔个四脚朝天。

不断有泥土从洞口喷出，在我们四周形成一场又黏又烫的"泥雨"，无人幸免：柯迪的长袍被一大块棕色的污渍弄脏，而斯瓦托的披风也变成"豹纹"的了。

突然，一阵雷鸣响彻四方，洞里喷射出一个球体，直直地飞向天空。

"这是什么鬼东西？"柯迪问。

"是熔浆吧？"斯瓦托有点迟疑。

正说着，这个大球又呼啸着从空中落下，那声音简直能刺破人的耳膜。它最终在离洞口两步之遥的地方着地，激起的泥点儿又溅了我们一身。

"这是什么鬼东西？"柯迪重复说，眼睛盯着那团被摔瘪的泥球。

他一下站起来，走过去想看个究竟——那玩意儿就像一团冒着烟的牛粪。

"臭死了。"他说。

"还真是。"我也走了过去。

柯迪的脸色由白转红，由红变紫。他咬紧牙关，拳头紧得能捏出水来：

"啊——"他吼道。

然后，他跑到洞口边，不顾危险地探出身去：

"你给我听好了，玛玛菲嘉！你压根儿就不懂欣赏！你的评判简直一文不值！连屁都不如！告诉你吧，我根本就不在乎！你只会让人生厌！"

"住嘴！柯迪！"我扳着他的肩膀往后拉，"你疯了！"

"你这头又蠢又固执的母驴！"他继续骂道。

西格丽德和我沮丧地对视了一眼。

"在她的回复到来之前，我们还有20分钟。"我叹着气说。

"什么回复？"柯迪涨红了脸，"她最好给我闭嘴！老东西。"

"依我看，她肯定会回复你的，而且这个回复会极不平常。"斯瓦托平静地说。

"不能再拖了。"西格丽德说，"达夫尼！达琪二世！赶快过来！"

我们以最快的速度收拾好行李。只有柯迪慢吞吞的，以显示他根本不怕玛玛菲嘉。

"我们下山去？"斯瓦托问，做好了准备。

我知道他指的是来时经过的一个小山洞。我们可以在那里躲一躲。不过，小山洞距此地还有半个小时的路程，除非我们跑步过去。不巧的是，这一路上都是峭壁，别说跑，就连走都难。

"不，我们往上走。"我决定。

"那当然！"柯迪说，好像这问题连想都不用想。

我狠狠地看了他一眼，差一点儿就要发火了——是他令大家置身险境，而他却毫无歉意。但我决定保持沉默，另找机会与他算账——当然，如果我们能活着逃出玛玛菲嘉的怒火的话。我开始跟在西格丽德的身后，攀爬起来。

"你记得以前渔夫阿里是怎么说笛奇的吗？"我突然停住，问西格丽德。

"他说过很多好话啊，怎么了？"西格丽德回答。

"笛奇是谁？"斯瓦托问。

"一个半托尔人。"西格丽德回答，"是比约父亲的仆人，也是他们家族的好朋友。"

我挥一挥手，示意他们安静。阿里的话，一字一句浮现在我的脑海中：

"阿里说，笛奇'就像是玛玛菲嘉的泥球，外表臭烘烘的，可内心却是稀世珍宝'。"

"脾气臭，但人好——是这意思吧？"柯迪说。

"'内心是稀世珍宝'？"斯瓦托重复着，扭头去看那团泥球。

所有的目光都跟了过去。

"什么？"柯迪张大了嘴巴，"你们是说……"

我很快就做了一个决定，三两下跳回大洞口的空地上。

"一派胡言！比约，这些简直就是一派胡言！"柯迪在我身后喊叫，"如果你能从这团粪堆中找出什么，我统统送给你！可惜你啥都不会找到。"

"我们没有时间了。"西格丽德焦急地说。

泥球没有先前那么臭了，瘪塌着，像一块发硬的蛋糕。不能迟疑。我用脚把它翻了个个儿。

一股热浪夹杂着浓郁的粪臭朝我袭来。泥球的中间，好像有什么东西在燃烧。

是一块深色的石头，有狗头那么大，发出红色的光芒。

我再用脚剥去粪土。这个过程可不简单，因为石头非常沉。

"那是什么？"柯迪问。

"动作快点儿！"西格丽德朝我喊道。

我顾不上脏，抱起那块石头，朝伙伴们跑去。我的心扑通直跳，完全忘记了安危。

"快看！"我狂喜地喊道。

斯瓦托用水把石头洗干净。

"是宝石。"西格丽德立刻认出来，"我从未见过这么大的宝石。"

"应该能值五艘龙头船。"斯瓦托估计。

"以及所有你想要的东西。"柯迪补充。

"给。"我把宝石递给柯迪。

"不。"他摇摇头，"我说话算数。这石头是你的。"

"别犯傻。这是你作诗所获的奖励，来自玛玛菲嘉的礼物！"

"这礼物的包装倒了我的胃口。"柯迪抱怨，"你不要的话，我就把它扔下山去。"

我手捧宝石，傻了。

"我提醒大家，现在情况紧急！"西格丽德急了。

第 17 章

陷入两难

　　我从行李中掏出一件长袍，做成个布兜儿，把宝石装进去，前后花了不到一分钟。西格丽德在我身旁踱步，斯瓦托和柯迪已经出发了。

　　"走！"我终于喊道。

　　所幸的是，路面比来时要宽阔一些，我们可以加快步伐。

　　突然，传来一阵激烈的轰鸣声。我回头一看，大洞口正涌出一团团乌黑的浓烟，马上就要喷发了。

　　我们疯狂地跑起来，还得注意别磕到山岩上或被石头绊倒。西格丽德灵活得像只山羊。我也不赖——感受着背上宝石的重量，反而令我浑身轻快，疾步如飞。

　　"哟呵——"我兴奋地高喊，为了刚才惊奇的发现，为了此刻刺激的冒险，也为了这生动有趣的生活。

　　"你疯了。"西格丽德对我说。

　　柯迪和斯瓦托早就消失在一个转角后了。当我们赶上他们时，发现已经来到路的尽头。一块巨大的石墙拦住了我们的去路。

"真倒霉！"西格丽德说。

"还真是。"柯迪抱怨道。

"这墙面跟冰块儿一样光滑，"我估摸着，"至少要好几个小时才能翻过。"

"打洞呢？像老鼠一样。"柯迪建议。

在我们身后，大洞口的浓烟越来越厚重，整个拉夫宁山都跟着摇晃。

"很快就要到来了。"斯瓦托说，声音异常平静。

他朝路边探出身去。下面是万丈悬崖。

"把你的绳索给我。"他对柯迪说。

柯迪把扛在肩上的一捆粗大绳索递给斯瓦托。斯瓦托将它套在脖子上，然后纵身一跃，跳下悬崖。

"一会儿见！"他朝我们喊道。

只见他的披肩"呼啦"一下舒展开来。

斯瓦托在空中盘旋了一阵，像片落叶一样地旋转。不同的是，落叶往下飘，他却往上升。当到达一定高度时，他转向山坡，在石墙上方站定。很快，柯迪的绳索就降到我们眼前。接下来，只需扯着绳索翻过墙去。

"……系……石柱……固！……可……几……"空中断断续续传来斯瓦托的声音。

"他说什么？"西格丽德问。

"他说我们几个可以一起爬过去，"听力极佳的柯迪说，"他已把绳索系在一根石柱上了，很牢固。"

柯迪一把抓住达琪二世的脖子，甩饼一样将它在空中翻了个转儿，三下两下用皮条把羊蹄两两捆住，然后往肩上一扛。

"咩！"可怜的达琪二世抗议，"咩！咩！咩咩咩！"

柯迪不客气地朝它屁股上一拍，让它闭嘴。

"女士优先。"他接着说。

"为什么呢？"西格丽德问。

"不为什么。"

"我先就我先！"

西格丽德开始攀爬，接着是我，因为柯迪坚持要最后一个走。

山体还在摇晃，轰鸣声不绝于耳。可在我们开始攀爬时，一切晃动和声响却戛然而止，四周一片寂静，静得教人担忧。

"我一点儿也不喜欢这样。"柯迪在我身后抱怨。

我们还在艰难攀爬，脚不停地在墙面上打滑。我两次都重重地撞到岩石上，可怜的达夫尼被压得哼哼直叫。

"对不起，小宝贝。"我不断道歉，"很快就到了。"

西格丽德动作最轻快，先我们很久到达墙顶。

沉寂依然笼罩着我们。我也终于爬上墙顶，发现这里原来也是一块平地，和大洞口那里相差无几。

"欢迎登顶。"斯瓦托伸出手来，拉了我一把。

前方约三十米，有一个岩洞，入口处还留有老旧的血红色痕迹。我顿时明白，旅行的第一部分——显然也是最简短的部分——到此结束。

柯迪还没上来。他背着沉重的负担，艰难地跟最后几米距离作斗争。

"再加把劲儿，马上就到了！"西格丽德鼓励他。

突然，拉夫宁山一阵颤抖，远处传来微不可闻的轰鸣声。我们朝大洞口望去：除了黑烟，什么都没有。我甚至觉得，连烟都没有先前那么浓了。

"你们感觉到了吗？"西格丽德问。

"感觉到了。"斯瓦托第一次显得有些焦虑。

不知为何，我突然转身，望向山顶——也许是莫菲尔的直觉在指挥我？

"快看！"我大声喊道。

拉夫宁山那积雪覆盖的山顶不见了。一开始，我以为山顶不过是被云雾遮住。可很快，我就发现大团雪白色的物体冲出迷雾，伴随着震耳欲聋的轰鸣声，以雷霆万钧之势，沿着山坡翻涌而来。我顿时全明白了。

"雪崩了！"西格丽德大喊。

"上帝啊上帝！"柯迪喘着粗气。

突如其来的雪崩仿佛从盒子里跳出来的魔鬼，驾着暴雪战车，笔直地向平台上的我们撵来。

与此同时，爆炸声平地而起，天空仿佛着了火。

大洞口喷射出无数的泥点儿，铺天盖地，四处纷飞。有的甚至溅到我们跟前。

"快！"

雪崩层层逼近，一眨眼就能将我们掩埋。我们冒着呼啸而过的炽热喷射物，拼命朝岩洞赶去。

在颤抖的大地上奔跑，可不是一件容易的事。我不是扭到脚，就是绊到腿，活像个醉鬼，又像技艺不精的菜鸟把弄的木偶。

突然，一阵尖厉的降落声穿破我的耳膜。好像有人拿着狼牙棒在我肩头一击，我瘫倒在地上。

"……上帝！"

柯迪抓住我的衣领，像拎包一样，把我扔进岩洞，然后才和达琪二世一起冲了进来。

其他的人都为躲过了一场劫难而侥幸不已，只想好好喘口气。我站了起来，抽出宝剑，刺向岩洞入口处的顶壁。

"快帮帮我！"我喊道。

"你在搞什么鬼？"柯迪问。

他坐在地上，摩挲着头发和胡须。

"雪怪！"我喊道，"得筑道墙，不能让它进来！"

去年，一场致命的雪灾闯入我家，牧羊人德吕尼只是碰到雪，就变成了疯子。而我们的厨娘玛佳，由于不假思索地吃了雪，结果丢了命。

由于肩膀火一般地灼痛，我动作缓慢。好在提尔锋能轻易穿破岩壁（由岩土组成，所以不太坚硬），就像切一块黄油。

西格丽德和斯瓦托跑过来帮我，柯迪最终也行动起来。很快，岩顶大块大块垮落下来。

岩土打着我们的头，迷糊了我们的眼睛，可我们一刻也没有放慢动作。洞外传来一阵阵声响，加上我们在洞内制造的噪音，连说话都听不见。

"加快速度！"我命令道。

有一会儿，一块玄武岩砸中了斯瓦托的头。我们不得不把晕过去的他挪到稍远的地方。

现在，我们跟前堆起了一座小山，快要触到岩洞顶壁。岩洞口马上就要被封住了。

"行了！"柯迪大声喊道，停下手中的活儿。

"还没有！"我也跟着喊，"还有些缝隙没填上！"

柯迪一耸肩膀，将剑插回剑鞘，把我和西格丽德晾在那堆岩土前。

"柯迪！"西格丽德大喊。

她被气坏了，踏上土堆，不停地用匕首抽打着岩土。正当她爬上土堆顶端时，拉夫宁山突然以前所未有的强度猛烈摇晃起来。一大块岩土砸下来，把我和西格丽德压住。我们顿时被砸晕过去。

当我醒过来，发现自己正光着上半身，躺在一堆衣服上。肩膀被熔岩灼伤的地方，已经包扎好了。

在我身旁，西格丽德还在沉睡，那头又密又长的秀发披散着。斯瓦托则坐在不远处天然形成的岩凳上，忙着抖落我长袍上的泥土。

　　我们所处的岩洞足够宽大，四周的岩壁散发出清凉潮湿的泥土气息，许多比绳子还细的钟乳石悬挂在岩洞上方。在我对面，有一块光滑的岩壁，上面用红色画着一幅画：是一些人坐在一只既没有桨也没有帆的船上。由于时间久远，大部分的画面都已经破损了。可最吸引我注意的，还是一条低矮而阴暗的地道。地道的入口就在画面下方。

　　"通往地狱之路。"我猜想。

　　柯迪正就着一堆炭火，烤一块猪肉。

　　"我们的莫菲尔醒来了！"他说。

　　"好香啊。"我称赞道。

　　达夫尼在岩洞的另一头闲晃，听到我的声音，立刻跑过来，跳到我肚子上，贪婪地舔我的脸。我任其为之。

　　"你的怪念头差点儿让大家都遭了殃。"柯迪突然指责我，"我倒要问问，有啥'雪怪'？为什么不要它进来？"

　　我正想回答，可他紧接着说：

　　"小伙子，不是所有的雪都被恶魔附身，也不是所有的雪都有毒。"

　　"也许吧。可是……"

　　"我知道，去年的那场雪让你和西格丽德都心有余悸。这我能理解。可是，那毕竟是过去的事情了。"

　　"比约只是不想冒险而已。"斯瓦托插话。

　　"但他却偏偏让我们冒了一场最大、最坏的险！一场毫无意义的冒险！要是被活埋，这种死法也太愚蠢了！"他一边埋怨，一边翻着烤肉。

说实话，我不是一个爱发火的人。平时我总是避免冲突，事情过了就过了。但这一次，我承认自己实在没忍住：

"这里的雪完全有可能是邪恶的。"我振振有词地说，"你没有任何办法来否定这一点。至于最傻、最无用的冒险，我觉得你比我们都擅长！"

我指的当然是柯迪惹怒玛玛菲嘉的事。

"你不过是个幼稚的大小孩儿，没有资格教训任何人！"我狠狠地反驳。

西格丽德还在熟睡中。斯瓦托尴尬地盯着自己的双脚。达夫尼头次看到我发这么大火，吓得躲到角落里直叫唤。它的叫声又惊到了达琪二世。

柯迪暴怒。我原以为他会上前狠狠地给我几下，没想到他却闭上双眼，默不作声，脸色像死人一样惨白。

我后悔说了最后那句话。把柯迪说成一个幼稚的大小孩儿，确实有点儿过分。可我却不想道歉。一点儿也不想。

"该他开口说话了。"我心想。

可柯迪啥也不说。斯瓦托偷偷看了我一眼。

"咩——"达琪二世也对这一刻的沉默表示不解。

"我道歉。"柯迪终于开口，声音很低沉。

"我们都别说了。"我回答。

"对了，我们有计划吗？"斯瓦托赶紧转换话题。

我不解地看着他。

"我的意思是，如何把斯望王子从玛玛菲嘉那儿救出来，我们有计划吗？"斯瓦托解释。

"没有。"我承认，"目前还没有任何计划。"

"一点儿主意都没有。"柯迪补充。

"完全没有。"我笑着附和。

"啊？"

斯瓦托的反应仅此而已。他把抖净尘土的长袍还给我，然后点燃烟斗，空中腾起一股充满胡椒和炸洋葱味儿的蓝烟。这股烟味儿和烤肉的香气混合在一起，仿佛在昭示接下来的美餐。

"我就把宝石埋在这里。"我宣布，"我可不想一路背着它直到地狱。"

"希望有一天你能重新取回它。"

"几点了？"西格丽德突然问，眼睛瞪得大大的。

"现在是夜里。马上要天亮了。"柯迪回答。

"8月13日的上午……"西格丽德记起来，"比约，生日快乐！"

第 *18* 章

鼹鼠般的生活

我们带了几根钟乳石，用于照明，因为这些钟乳石上也覆盖着我和西格丽德已经非常熟悉的银光青苔。银光青苔是由矿物菌形成的银色苔藓层，能发出浅绿色的微光。另外，这也是最佳的照明方式——由于地底可能存在易燃易爆气体，火把是不可取的。

地道四壁潮湿，偏向同一侧蜿蜒而下，逐渐探向地心深处。由于空间低矮狭窄，我们不得不成纵列，匍匐前行。柯迪爬在最前头，接着是我，西格丽德跟在我身后，斯瓦托断后。他早就收好了披风，藏在背包的最底层，免得弄坏。

好几天过去了。接着是好几周。

一开始，我还觉得这种鼹鼠般的生活挺好玩儿：当你的鼻尖儿贴近物体，会发现世界不同的一面——或者说，会发现一个全新的世界。我开始观察昆虫：长角的金龟子，千足虫，体内充满汁液的白色幼虫……我还发现了一些小生物，有着令人称奇的外表。其中一只从壁顶落到我的手上，外形像螳螂，只是腹部更大。我盯了它很久，才明白自己看到的是什么，因为在这个生物身上,所有的器官都挪了位:嘴巴和眼睛长在背上;肢足从身体各处胡乱支着; 皱巴巴的翅膀拖在肚子下面,让人怀疑它们还起不起作用;本应该长头的地方,却是一个洞,不断有灰尘喷出。我本想叫西格丽德也看看这个小怪物，可刚一转身，它就跳到墙上，"吱"的一声，消失在岩石后面。

随着时间的推移，我对这些小东西失去了兴趣——尤其因为它们总是一成不变的那几样。于是，我发动同伴们一边爬，一边讲故事。我以身作则，编了几个关于精灵和邪恶小矮人的故事。西格丽德则以从渔夫阿里那儿听来的最美的童话为蓝本，添加了一些浴血奋战和死而复生的情节，用她自己的方式讲述给我们听。

斯瓦托讲述了他爷爷帕德博的冒险故事。帕德博是个天不怕地不怕的伊霍格瓦人，独自一人把世界踏了个遍，唯一的旅伴是只猴子。帕德博和猴子抽同一杆烟，用他俩自创的含有三百二十个词汇的语言彼此沟通。

"我敢打赌，这只猴子是世界上最聪明的动物。"斯瓦托说，"可不管我爷爷怎么教，它总也学不会讲卫生！它随处大小便，锅里、衣服上，无一幸免。有一次，趁我爷爷睡着了，它甚至把尿撒在老人家的耳朵里！"

帕德博和猴子一起探索北部的冰雪天地，造访南部的法兰克和撒克逊地区。他们的足迹远布东方日出之国的僻壤，也就是在那儿，帕德博买下了会飞的披风，并传袭给他的孙子斯瓦托。

柯迪自 13 岁起就随阿哈德国王征战南北，他本可以向我们讲述那些著名的战事，可惜他心情不佳，不愿意开口。就算他不说，我也能看出来，他是那种厌恶幽闭空间的人。对于这种人来说，离开畅快的空间和流通的空气，要比死都难受。他们会因此而变得呼吸急促，理性全无，想要出手打人或大喊大叫。柯迪已经尽力在控制自己了，脾气不好也难怪。

有一天，地面变得潮湿，我们不得不在发出恶臭的泥浆里爬行。

"这真是一种享受。"柯迪捏着鼻子嘟哝，"多么令人愉悦的旅行啊！"

"前进吧！"斯瓦托积极的语调令人敬佩。

我们的手肘、腹部、膝盖乃至全身，很快都沾满了淤泥，就连头发也被泥团染得黑乎乎的，简直可以和沃拉热的发型媲美——这愈发让柯迪大倒胃口。达琪二世一身洁白的羊毛，本像黑暗中一座明晃的灯塔，可现在，它完全与穴壁融为一色。一直走在我跟前的达夫尼，成了一只不折不扣的癞蛤蟆。

不管身处何处，伊霍格瓦人从来不会失去时间的概念。我们凭借天空、太阳或星星的状况来判断钟点，他们只需倾听内心的直觉。在这一点上，斯瓦托对我们来说无比珍贵。

"现在几点了？"一天，西格丽德扭头问道。

她很快就得到了答案：

"再过几分钟就是正午了。"

"那是几月几日呢？"柯迪阴沉着声音问。

"9 月 16 日，星期二。"

原来我们进入地道已经一个多月了。这段时间以来，我们一次都没能直起腰来，地道低矮得连坐起来都难。

地道里的恶臭令人恶心难受。好不容易习惯了一种臭味，另一种臭味又不知从何处扑鼻而来，平添沮丧之情。

"这样也好，至少我们闻不到自己身上的臭味了。"斯瓦托以一种英雄般的幽默感解嘲。

他说得没错。随身携带的水在地道里是如此珍贵，我们连鼻尖都舍不得洗一下，身上的气味可想而知。

日子就在这难熬的分分秒秒中挨过。

"我受不了了！"柯迪时不时抱怨一句。

可没有一个人回应。就连平时欢声笑语的西格丽德，此刻也缄默不语。至于故事，我们早就不讲了。

我的脑子里一片空白，有时甚至连跟在我身后的西格丽德都想不起来。我不过是一副在地上爬行的躯壳，朝着一个被忘却的目标蠕动。泥沼包裹着我，渗透到我的每一个毛孔；啃个满嘴泥的事也时有发生。

"我们再不吭声，真会变成软体动物了。"有一天，我忍不住说。

"比约说得有道理。"斯瓦托回应。

"那好，我们说说话。"西格丽德说。

她的声音吓了我一跳。那是一种充满落寞和忧愁的声音。

"几点了？"柯迪问。

"凌晨3点。"斯瓦托回答。

"日期？"

"1066 年 10 月 1 日，星期三。"

"上帝啊上帝！"

从那一刻起，我们再也不沉默着度过任何一个钟头或一天。我们还决定每逢饭点就停止爬行，大家聚到一起用餐——在这之前，我们都是各吃各的，跟蚯蚓一样，边爬边往嘴里塞东西——再也不能那样下去了。

于是，用餐时间就成了我们的会面时间。不然，我们还真是近在咫尺，却不见容颜，这感觉太奇怪了！我们在地道里找一处稍宽的地方，想方设法地扭着身子，好面对面地吃上一顿饭。

我几乎快要忘掉西格丽德那饱含深情的笑脸。啊！她那含笑的双眼，左颊上俏皮的酒窝……光是看看，都让我的心变得美好，仿佛重新获得了生命力。

我们把食物交换着吃，一片鱼干换半块饼，三颗坚果换一枚斯古兰国苹果。吃完饭，柯迪喝一小口蜂蜜水（水壶快要见底了），斯瓦托则掏出烟斗，却不点燃，怕烟味儿呛到我们。

有时，柯迪也会克服糟糕的心情，为我们吟一首诗。他特意选择了关于绿林、幽谷、麦田、鲜花、旭日和繁星的诗篇，好让我们从淤泥的囚笼中解脱出来。

我至今还记得一顿充满欢声笑语的聚餐，就连柯迪也舒展了眉头。可我怎么也想不起来令我们发笑的原因了。真的，一点儿都想不起来了。

在一个美好的日子里——大概是 10 月中旬——地道突然变得宽敞高大，这一变化来得如此突然，令毫无准备的我有种想哭的欲望。

现在，尽管我们还是得弓着身子，但至少可以站起来了。

"我们像蠕虫一样爬，"柯迪说，"现在又得像猴子一样走。"

"也算是一个进化。"斯瓦托评价。

接下来的几天，我们好几次需要下到某个裂洞的底部，才能继续前进。这对我们来说并非难事，因为我们早有准备。斯瓦托在洞口立起一根柱子，绑上柯迪的长绳，大家就一个接一个沿着绳索往下滑。

"咩——"达琪二世在柯迪的肩头不耐烦地叫起来。

它尖细的叫声长久地回响，突然被放大，接着又减弱，如此反复不休。有时，等回响彻底消失了，那叫声又从另一侧传到我们耳中，让人搞不懂这声响到底经历了一段怎样的神秘旅程。

如果裂洞太深，我们就把两根甚至三根绳索系起来用（我的包里装着好几条又细又长的绳索），问题总能得到解决。

等大家都下到裂洞里，斯瓦托抓住绳索一摇，这长长的绳子就奇迹般乖乖地落到我们脚边。我们收好这些宝贵的装备——当然，那根柱子除外——继续前进。

我记得有一次，斯瓦托第一个下到裂洞里，却久久不回应我们的呼唤。

"喂！斯瓦托！"我大声喊。

"他该不会是睡着了吧？"柯迪不耐烦了。

"可能出问题了。"西格丽德说。

又过了一会儿，斯瓦托的声音才伴着回响飘来：

"怎么会这样！"

英雄比约
❷
DI YU ZHI MEN
地狱之门

第 19 章

岔路口

这个地室比尤普达拉教堂的祭坛还大，穹形壁顶被蕨类和一些不知名的植物密密匝匝覆盖着，散发出光芒。地室的墙壁则挂满花朵，连最细小的缝隙中都有花儿伸出。花朵的颜色要么浓郁（紫色、深蓝……），要么纯白，不时有皴皱的花瓣沉重地落下，消失在地面植被的迷丛中。

不远处，不平静的池塘里，昆虫在鸣叫，小心翼翼地观测着地室里的动静。

"几点了？"柯迪伸了个懒腰，问道。

"上午 8 点。今天是 11 月 1 日。"

我掐指一算：来到地下已经有两个半月了。

我们辟出一条路来，走到一处由黑土组成的小丘旁，放下了行李。站在土丘上，可以将整个地室一览无余。很快，我们就目瞪口呆了。

"这下麻烦了。"柯迪说。

地室的墙壁上有十几个洞口，分别通向十几条不同的地

英雄比约 ②

DI YU ZHI MEN

地狱之门

道。自然，没有任何征兆提示我们哪一条才是通往地狱王国的正确道路。

长久以来，我们在泥浆里摸爬滚打，最终却落到这么个鬼地方。一股愤懑之情铺头盖面地朝我袭来，要不是身边还有人在，我一定会大声咆哮，捶打地面，以泄怒火。说不定我还会像个孩子一样抓起泥巴就扔，流着眼泪满地打滚儿。谁知道呢？

"哼！"我咬紧牙关。

"如何？"柯迪问我，"你那莫菲尔的直觉呢，它怎么说？"

他一屁股坐在地上，脸上狡猾的笑容令我十分不悦。

"一会儿再找你算账。"我回答。

斯瓦托跳下土丘，走到洞口最多的墙壁前。蕨丛太高，就连瘦高的斯瓦托也被植物挡住，两次消失在我们的视野中。

"这些发光的东西是什么啊？"西格丽德盯着壁顶。

"还在动呢。我敢打赌。"柯迪注意到。

"是的，"我说道，"确实在动。"

柯迪站起身来，眯着眼睛，想看个仔细。

"很快就能知道了。"他随后宣布。

他弯下腰去，拾起一块和提尔锋差不多黑的火山石，猛地朝壁顶扔去。石头重新滚落到我们脚边，带来一阵由晶莹透亮的小圆团组成的密雨。我们每人捡了一块。

我们的手心里，蠕动着一些长有翅膀的毛虫。它们的身体比火光还要亮，盯久了，眼睛都疼。

"头次见到这种东西。"柯迪说。

这时，传来斯瓦托的呼喊声。他已经离开那面布满洞口的墙壁，转而来到地室的另一侧，站在两个阴暗低矮的洞口前。

"那边的洞口都是通往地面的，有来自地面的新鲜空气。"他指着对面的墙壁说。"而这里，却是通往地下的。洞口有热气喷出，我能明显地感觉到。"

他走到一个洞口前，把头伸了进去。

"闻起来就像从怪兽嘴里喷出的气息！"他喊道。

达夫尼在我的腰包中跳个不停。我干脆把它抱出来，放到地上。

"通往地狱的道路一定就在这儿。"斯瓦托边说边走回我们身边。"至于是两条地道中的哪一条，这我就不清楚了。"

"说不定两条都是呢？"西格丽德说。

"哪有这样的好事！"柯迪回答。

"是得二选一才行。"

我一边说，一边躺下来，好放松一下。达夫尼趁机跳到我身上，舔着我的脸。这个小顽皮有一个怪癖，最爱把小舌头伸进人的鼻孔或耳洞里。

"别闹了！"我生气地说。

"我太想念我的皮肤啦，"西格丽德说，"真想去洗个澡啊！"

大家都满身泥土，看上去就跟大洞口旁那些可怜的石化人差不多。

英雄比约 ❷

DIYU ZHI MEN

地狱之门

"我陪你去。"我说，"还有达夫尼。它比烟囱里的老鼠还要脏。"

离我们最近的一个池塘看上去干净又舒适。我们躲在蕨丛中脱掉衣服，彼此投去会心的目光。发干的泥块儿从衣服上掉落，跟动物蜕皮一般可笑。我觉得自己就像一棵剥了皮的老树。

我抱起达夫尼，光着身子走向池塘。斯瓦托的声音叫住了我：

"等等！"他喊道，"要当心！"

他三步两步跨到我身边，在池畔蹲下来，不慌不忙地卷起衣袖，将修长的手臂平举在池水上方。

然后，他用指尖轻轻点了一下水面，等待着。

池面一片平静，只有当蚊子停落时才微微颤抖一下，好像不适应似的。我开始等不及了。达夫尼也是，在我的怀里来回折腾。

"好了吗？"西格丽德不耐烦地问。

她光着身子，躲在一片蕨丛后面，就等着斯瓦托离开。

"到底好了吗？"轮到我发问了。

就在这时，斯瓦托猛一抽手。只见一个浅白色的长型动物，张着嘴跃出水面。那发亮的双颚离斯瓦托的手只差一根头发之距。

"瞧！"斯瓦托笑了。白色的长箭又重新隐匿到池底。

"发生了什么事？"柯迪站在土丘上问。

"水里有凶猛的动物。"西格丽德朝他喊。

"该死的！"

斯瓦托不动声色地在其他池塘重复着这个试验。他的手指能完好无损地保存下来，真是一个奇迹——总有各式各样的动物试图一口咬住或切断它。最后，我们不得不来到一个清澈见底、几乎只是一个水洼的小池塘旁。水里连一只虾都没有。

西格丽德和我满足地泡进水里，身上的污物立刻把池水染浑了。

"舒服吗？"柯迪的声音穿越整个地室。

"棒极了！"我回答。

"真笨。"西格丽德埋怨道，"你这么说，他肯定会跟来的。"

"那又怎样。他也有权利洗澡啊！"

"我明白了。"西格丽德生气地说，"你是觉得我们单独相处的时间太多了，对吧？"

"亲爱的……"我呢喃着，以示歉意。

我凑过去，在她唇上吻了一下。

"对不起！"我低声说，"你是我在这个世界上最亲爱的人，如果我的行动没能表现这一点，我向你道歉。你是我的小宝贝，我亲爱的甜心。"

她的情绪终于平息下来，但花了很长时间。我这才意识到，有那么一刻，她真的在怀疑我对她的感情。

"我爱你！"我全然不顾他人，大声喊道。

"我也爱你。"她认真地说。

她回吻了我，尽所有气力把我紧紧抱住，我差点儿就喘不过气来了。我们就这样拥抱了很长时间，才心满意足地分开。

"坏蛋！"她出其不意地撩起水花，打到我身上。

我也立刻还击，一场激烈而又充满温情的水仗拉开序幕。打完水仗，我们又拿蕨叶当浴巾，为彼此擦拭身体。

"你的肩膀比以前更宽了。"西格丽德说。

"你也变了。"

"别这样瞪着眼睛看我。"西格丽德嗔怪，"我又不是怪物。"

"对不起。"

"好啦！你想看就看吧，反正你有这个权利。同样，你是我的未婚夫，我可以想看你多久就看多久。"

她一边为我擦拭身体，一边毫不顾忌地看着我。我觉得脸都红到耳根了。

"你真帅。"她说。

"谢谢。"

"那我呢？你觉得我怎么样？"

她挺起胸膛，扬起下巴，把最美的面容展现在我眼前。

"还不错！"我想了一会儿说。

我俩都笑了。

等我洗干净了，就给达夫尼洗澡。

"嗷——！"小龙哭了起来。

它讨厌水，不停地挣扎、抓挠，以示反抗。

"哎哟！"我大叫一声，"你学会咬人啦，淘气包？"

"它连牙都还没长呢！"西格丽德笑着提醒我。

"我敢打赌，它的一口牙刚刚全都长齐了。"

我把达夫尼往腋下一夹，掰开它的嘴巴。

"让我看看！"西格丽德说。

我们发现了六颗牙齿，四颗在上，两颗在下。

这时，柯迪出现在蕨丛中。他几乎光着身子，只穿一条鹿皮短裙。

"我们让位置给你。"西格丽德说着，摘了一片叶子遮住自己的身体。

"不必了，我自己找地方。"柯迪说。

说着，他叫喊着跳进水中，把达夫尼吓得不轻。池塘里顿时水花四溅。

"哈哈！"柯迪开心地喊，"这可真促进血液循环哪！洗完澡再喝一大口蜂蜜水，那简直就是脱胎换骨了！"

柯迪半躺在几乎没了水的池塘里，就像一只搁浅的海象。

"我洗好了。"西格丽德说。

我给她拿来裙子，只留下柯迪独自一人在池塘里。走之前，我看了看达琪二世。它正歪着脑袋，好奇地打量着柯迪，表情很友好。

"你该帮它也洗洗。"我说。

"它又不是我的山羊。"柯迪嘟囔。

“它好像很喜欢你。”

“别烦我了，莫菲尔。”

我耸耸肩，走开了。过了一会儿，我偷偷从蕨丛中瞄了一眼，却惊讶地发现，我们的柯迪正无限柔情地给达琪二世淋水呢。

“毛发是很重要的东西，我的小心肝儿。”他轻声对达琪二世说。

只见他拿出一把金梳子，开始给达琪二世梳理羊毛。看得出来，他很乐意这样做。

“就拿我来说吧，”他接着说道，“大家都羡慕我的头发。要是没了这一头丝般的秀发，我该怎么办？嗯？要知道，名誉也好，皇家骑兵的身份也好，全都归功于我的头发啊！”

“咩——”达琪二世高兴地叫唤着。

“我刚来首都的时候，十分害羞，连走路都要贴着墙，更别说像其他王公子孙那样要求觐见国王了。有一天，阿哈德国王问：‘老在我王宫周围走来走去的那个头发火红的小伙子是谁啊？如果他的性格也像他的头发那样火，那他会是一名不错的将士。带他来见我！’就这样，我和国王成为了至交。我加入了皇室骑兵团，跟着国王辗转奔波。你知道他叫我什么吗？‘鬃毛’！我不骗你！‘鬃毛跑哪儿去了？’——国王一醒来就这么问。”

“咩——”

“所以说，毛发是最重要的，小姑娘。是最重要的。”

一棵小树下，斯瓦托好不容易发现了另外一个可用的池塘，正泡在清澈的池水里，一边吹着口哨，一边细致地洗澡。

"这里的水是温热的。"他说。

离斯瓦托洗澡的池塘不远，有一块长满苔藓的扁平的大石头。我和西格丽德走了过去，打算睡个午觉。

"阿——嚏！"达夫尼打了个喷嚏。

"糟糕！"西格丽德警醒地说。

达夫尼特别容易患上感冒、肺炎或是龙族咽炎。我们曾经接连好几个昼夜照顾生病的它，想方设法往它嘴巴里或鼻子里灌药。因此，只要它有一点点生病的征兆，我们都紧张不安。

我立刻奔过去，使劲为它擦干身体，把它身上最后的泥垢也擦落下来。

"阿！阿！阿——嚏！"

"它到底是哪种龙啊？"斯瓦托问。

"不知道。"我没有停下手中的动作。

"很久以前，有一个伊霍格瓦渔夫，在收网时发现了一枚巨大的蛋。"西格丽德用戏剧化的腔调说，"他把这枚蛋卖给了阿哈德国王，国王将巨蛋呈放在阳光下。没过多久，一只小龙从巨蛋中破壳而出。国王给它取名达夫尼，后来又把它送给了比约。当比约——这位年轻的莫菲尔——向国王询问小龙的种类时，国王也无法给出回答……"

"因为谁也没见过小龙的父母，所以无从判断。"

"正是。"西格丽德说，一点儿也不高兴自己的一番演讲被打断。

"国王把它送给我时，说达夫尼很有可能是一条碧袍家龙。"我补充。

"就是那种温顺的，不会喷火，没长尖爪的龙？"斯瓦托问。

"没错。还不会飞。"

"不过，碧袍家龙的皮肤是绿色的。"西格丽德提醒说，"可达夫尼……"

"是褐色的。"斯瓦托说。

"其实，"西格丽德解释说，"不久前，它的皮肤还是半透明的，没有确定的颜色。可现在却神不知鬼不觉地变了。难不成是被污泥染的？"

"不可能。"我反驳，"我已经把它洗得不能再干净了。"

"嗷——"达夫尼埋怨着。

它跳出我的怀抱，头扬得高高的，跑到别处坐下。那样子仿佛在说："瞧瞧，我的新肤色不错吧？"

"如果我没弄错的话，只有五爪战龙才是褐色的。"

"的确如此。"我肯定地说。

"也就是说，达夫尼将会长出翅膀、喷出火焰……它将成为一名了不起的战士！"

西格丽德激动得跳了起来：

"达夫尼是五爪战龙！达夫尼是五爪战龙！"

"别激动。"我说，"还不确定呢。"

"如果这个小玩意儿也是战龙，我宁愿把头砍下来！"身后的蕨丛中突然传来一个粗犷的声音。

柯迪冒了出来。他从头到脚都干干净净，梳理过的头发折射出光芒，连胡子都编成了小辫儿。达琪二世紧跟着他，光滑的羊毛被梳理得极为精致，吸引了我们的目光。

"干得漂亮！"我欣赏地说。

"没办法，它掉进水里了。"柯迪咕哝着，打断了我们的赞美。"这小屁龙的爪子怎么了？"他嫌弃地指指达夫尼。

"我也不知道。"我回答。

达夫尼的爪子上覆盖了一层粉末状的白痂。我擦了好久都无济于事。

斯瓦托从水里爬出来，想仔细检查一下达夫尼。

"别怕，龙宝宝。"他说，"斯瓦托叔叔不会把你吃掉的。"

达夫尼听从了他的话，却不能完全放心，目光一刻也不离开我。

"是粗皮病。"斯瓦托宣布。

"跟鸡一样！"柯迪放声大笑，"咯咯咯！咯咯咯！你的这个小宝贝，就差一顶红鸡冠了！"

"让它在热水里泡泡就会好的。"斯瓦托不理会柯迪，如此建议道。

我以为池塘里的水是温热的，其实有点儿烫。当我把达夫尼放进去时，它反抗了一下，但很快就平静下来，开始扑水玩儿，用鼻子吹泡泡。

"它看上去还挺享受的。"西格丽德惊讶地说。

我等了五分钟才开始摩擦那些白痂。其实根本不劳我动手，那些白痂都自动脱落了。

"斯瓦托万岁！"我高兴地喊。

"几点了？"柯迪问。

"正午刚过。"

"我饿了。"

斯瓦托将一片蕨丛稍加整理，优雅地摆上食物。他甚至拿出了尘封两个多月的铜质餐具。

大伙儿好好地美餐了一顿。我还摘了一些不知名却完全可以食用的黄色浆果。终于吃上鲜美多汁的水果，大家都很开心。我们原本带了一些斯古兰苹果的，可时间一长，果肉都干了，吃起来像在嚼沙子。

在西格丽德的提议下，我们将黄色浆果榨汁，与穴壁上流淌的净水混在一起，柯迪又加入几滴蜂蜜水，制成了我们梦寐以求的果汁。

"感谢圣玛利亚！"柯迪呢喃着，吞下了两大口果汁。

达琪二世守在他身边，不时舔舔他的盘子。

"走开！"柯迪生气地说。

可他并不将达琪二世推开。

我一边用餐，一边打量着那两个阴暗的洞口，琢磨哪个才是通往地狱之路。难不成真如西格丽德所说，两条都是？

我不太相信。

"哪怕两条都是，也一定有一条更为便捷。"我心想。

柯迪追随着我的目光。

"别担心。"他说，"我们先好好休息，吃吃喝喝，放松一下。明天或后天再看。"

"要走哪条路，我真是一点儿主意都没有。"我承认。

"别为难自己了，小伙子。灵感这东西是可遇不可求的。就跟我作诗一样：先是一头雾水，突然，哈利路亚！灵感就来啦！"

"这跟作诗可不是一回事。"

"是！当然是！慢慢来，比约。倾听你内心的声音。"

我知道，柯迪并不急于离开一间又明亮又宽敞的地室，转而回到阴暗而狭窄的地道里去。

"我们明天一早就走。"我宣布，"8 点准时出发。"

"好吧。"柯迪叹了一口气。

地室里温度适宜，蚊子也不来烦扰我们。离我们两三步之遥的涓涓细流，谱奏着一支动听的乐曲；空气中飘逸着一股清新而香甜的气息，也许不是来自浆果，而是墙上的那些花朵。

"这里就是天堂。"柯迪不停地说。

过了一会儿，草丛中传来声响。两只母鹿在距离我们几步远的地方，一动不动地站定。突然，它们又逃向有新鲜空气喷出的地道，消失不见。我们互相看了一眼，却都默不作声，不愿打破这场奇妙际遇的美好气氛。

我们连睡袋都不铺，就在餐具旁边睡着了。我睡得非常深沉。我猜大家都是。

当我醒来时，西格丽德和柯迪还在沉睡。斯瓦托却站立着，小心翼翼地倾听并四处打量。

"怎么了？"

"好像有点儿不对劲。"

第 20 章

会呼吸的陷阱

英雄比约②

DIYU ZHI MEN

地狱之门

空气变得令人窒息地热。壁顶上的光亮使我不自觉地挡住眼睛。

"那边！"斯瓦托指向地室另一侧的土丘。

许多貌似大型蜜蜂的黑色昆虫，聚集在土丘上，发出激烈的嗡嗡声。

我注意到四周的景色开始变化。蕨类不再是柔和的浅绿色，而是变得暗沉；墙壁上的花朵痉挛般地一张一合。先前没有的蓟、荨麻都冒了出来，尽是一些外表丑陋的带刺植物。

一阵细微的声响令我们竖起耳朵，听上去就像是夹杂着细小冰雹的雨声。我转过身去：是螃蟹！数以千计的白色螃蟹正沿着我们身后的墙壁往下爬。

"得把他们叫醒。"斯瓦托说。

这可不是一件容易的事。西格丽德和柯迪的睡眠沉得相当不正常。我们不得不抓住他们猛烈摇晃，朝他们脸上喷水。他们微微睁眼，迷惘地看了我们一眼，又沉沉地睡过去。

"像我这样！"斯瓦托说。

说完，他开始大力地扇柯迪耳光，眼睛还盯着那群越聚越多、越来越吵的大蜜蜂。

"啪！啪！啪！……"柯迪的头被他扇得左右摇晃，脸也红了。

我犹豫着，不忍对西格丽德下手。

"快点儿！"斯瓦托催促。

过了好一会儿，我扬起的手还是软软地垂下了——我做不到。柯迪已经背好行李，过来帮忙。我原以为他会出手抽打我的心上人，但他只是把她扛在肩上，一语不发地朝出口走去。

他一路不停地踢踢踩踩，才从草丛里闯出一条路来，直到两个洞口边。那些螃蟹被他踢得四处横飞，在墙上撞得粉碎。

"怎么样？"柯迪问，"向左还是向右？"

伙伴们都看着我，等我做决定。

"不出一分钟，那些黑色的胡蜂就会像暴风雨一样落到我们身上。"柯迪观察。

我真希望此刻能有个声音，告诉我该走哪条路。可是没有。

"向右！"我突然说，显得十分肯定。现在想想，我当时的表情一定很傻。

因为，自从成为莫菲尔以来，我从未如此不自信过。

我们一头扎进右边的地道里。地面很滑，延缓了我们的速度。达琪二世好几次滑倒，肚皮贴地，失望得直叫唤。

过了一会儿，筋疲力尽的柯迪转过头去：

"它们没跟来。"他喘着气说，"没有胡蜂。啥都没有。"

他把西格丽德放在地上。我也放下达夫尼。

"我们这是在哪儿？"西格丽德睁开眼睛。

"为了换个更好的环境，我们来到一个发臭的地道里。"柯迪嘲讽地回答。

"至少，在这个地道里，我们能直起腰来。"斯瓦托说。

"这倒是。"

我们那些会发光的钟乳石（柯迪管它们叫"银棒"），现在却照明效果甚微。在能见范围内——也就是说在极短的一段距离内——地道显得跟吹管一样简单而笔直。

我走到墙边。墙面光滑，呈现出奇怪的鲑肉色。我把手贴上去，但马上又缩了回来——墙壁温热而发黏，居然还富有弹性，吓了我一跳。

"从地道深处吹来的风是发烫的。"西格丽德注意到。

"不但发烫，还发臭！"柯迪抱怨说。

"你们注意到没，这股风总是来来回回的。"斯瓦托问，"好像有规律的呼吸。"

"我不喜欢这个鬼地方。"柯迪咕哝着。

"咩——"达琪二世附和。

由于地面布满了一种发黏的白色苔藓，它得花很大气力才不至于摔倒。

"没人想要知道时间？"斯瓦托问。

"那么请问斯瓦托，几点了？"西格丽德站起来问。

她拿一块布巾，嫌弃地擦拭衣服上的脏物。

"8点了。"

"正是比约原定的出发时间。"柯迪留意到。

"呵呵。"斯瓦托突然笑了。

"怎么了？"柯迪问。

"没有人关心今天几号？"

"行了，行了。别卖关子了。"

"今天是11月7号。"

我们简直不敢相信自己的耳朵。

"也就是说，我们睡了不止一天。"

要是换了别人，一定会被我们脸上那无比惊异的表情逗笑。可斯瓦托只是点了点头，意思是："没错，我敢肯定。"然后，他打开装满黄色浆果的袋子，分了一些给大家，包括达夫尼和达琪二世。

"谁想要喝奶？"西格丽德抓住山羊的脖子，问道。

"哇！哇！"达夫尼兴奋地喊。

"给我也来一小半杯吧。"斯瓦托说，"如果达夫尼不介意的话。"

我们站立着吃完，丝毫也享受不到食物所带来的乐趣。因为大家都觉得很不自在。

"我不晓得你们作何感想，反正我是恨不得立刻离开这个鬼地方！"柯迪说。"咱们调头吧，走另一条地道。当然，如果比约同意的话。"

"我同意。"

"再好不过。这臭烘烘的气息快把我熏吐了！呸！"

"我也是。"我边说边把达夫尼装进腰包里。"这里的墙壁是软的，你们注意到没？"

"还有地上的白色苔藓，也不正常。"

斯瓦托的话还没说完，我们已经调头往回走了。大家一心想要离开这个可疑的地道，全然不顾外面的螃蟹和黑蜂。

当看到闭合的洞口时，我一开始还以为是自己眼花了。可我没看错：壁顶一下子与地面结合起来，发出一声液津津的声响。

"我就猜到了。"斯瓦托说，"我们进了巫蛊龙的嘴巴。"

"它……是活物吗？"西格丽德问。

"我记得它是一种半蛇半鱼的怪兽。"

"那里面有什么？"我望向"地道"的尽头。

"死亡。"

"可是……"西格丽德的话没说完。

斯瓦托面露遗憾地看着我们：

"巫蛊龙有无穷无尽那么长。如果它把猎物立刻咬死，等吃到胃里的时候，肉质早就腐坏了。可巫蛊龙偏偏喜欢吃新鲜的，我甚至觉得，腐坏的肉质会使它生病。这也就是为什么它会让猎物活着，逼着猎物不断往前走。"

"我就留在这儿！不走了！"西格丽德决定，"死也死在这儿，烂也烂在这儿，让它什么都得不到！可恶的怪兽！"她突然大喊，眼泪都出来了。

西格丽德扑进我的怀里，激动得不停颤抖。达夫尼也从腰包里探出头来，发出忧郁的叹息。

"你们看！"斯瓦托说。

巫蛊龙的嘴巴（亦或是喉咙？谁知道呢！）还在不断地收缩。一团肉塞子朝我们推来，逼迫我们走向阴暗的深处。

"这是个阴谋。"我说。

柯迪不说话。他一动不动地站着，惊慌地睁着眼睛。

"走吧。我们别无选择。"斯瓦托说着，重新往地道深处走。

我扯了扯柯迪的胳膊，可他纹丝不动。他浑身的肌肉都处于紧绷状态，硬得跟石块儿一样。

"柯迪！"我喊道。

"柯迪大人！"斯瓦托也跟着喊。

"咩——"达琪二世叫唤。

柯迪这才如大梦初醒一般，用手挠着头：

"没有出路。"他呢喃着，"前面没有，后面也没有。没有出路……再也没有了。"

他慢慢抽出斧头。我走上前去，却被他一把推开。

"我乃红头发柯迪！"他胡乱地大喊，"我是皇室骑兵团成员！"

他冲向墙壁，将斧头狠狠地往墙上砍。墙面上渗出鲜血。为了躲避柯迪的斧头，墙面先是深深地凹进去，然后突然如

英雄比约 ❷

DI YU ZHI MEN

地狱之门

鼓面一般狠狠地弹出来。

柯迪像个球一样被弹飞，撞到对面的墙壁上，又被狠狠地弹了回来……就这样来来回回四次，他才软趴趴地跌落到满是泡沫的地上。

斯瓦托赶快俯身查看柯迪的伤势。

"他的一支手臂有好几处都骨折了，里面就像泥浆一样，一团糟。"

柯迪的手臂像块抹布一样耷拉着，看得我起了一身鸡皮疙瘩。

"怎么办？"斯瓦托看着步步逼近的肉塞，问道。

我突然有了一个主意：柯迪一直带着一张系有背带的盾牌，我把皮带割断，将盾牌从他身上取下来，平放在伤员身旁的地面上，又在上头绑了两根绳索。

西格丽德和斯瓦托明白了我的意图，帮我把柯迪抬到了盾牌上。

"他可真沉啊！"西格丽德喘着气。

"换个方向！头部朝前！"我命令。

只有柯迪的头和宽大的肩膀能靠在盾牌上。他的背部、屁股和脚，就只能在地上拖了。

我和斯瓦托分别拾起一根绳索，绑在腰上，扮演起搬运工的角色。

"拉！"

盾牌就在塞子即将触到柯迪脚板的时候启动了。

达琪二世跑在我们旁边，目光一刻也不离开伤员。如果它不小心摔倒了（这经常发生），就会焦急地叫唤，想方设法地尽快爬起来，跟上我们。

柯迪重得像头熊，可我们却并不怎么累。因为盾牌在满是口水的地面上滑行得很快。

"如果是下坡，我们不但不用拉，还得把柯迪拦住。"斯瓦托说。

在我们身后，塞子还在毫不松懈地匀速向前。它丑陋的外形和刺耳的嘶鸣声令人作呕，我们尽可能地加快速度。

"行了。"终于，西格丽德宣布，"我们看不见它了。"

"但还听得到。"斯瓦托补充。

他放下绳索，从背包里取出一段长长的绷带。

"我需要两支箭。"他对西格丽德说。"长一点儿的。"

她把箭递过去。

斯瓦托示意我将银棒举近一些。他蹲在柯迪身旁，开始为他包扎。斯瓦托操作的时候，达琪二世就拿犄角顶他的背，那神情像在说："要是你把柯迪弄疼了，我要你好看！"

斯瓦托将柯迪受伤的手臂小心放平，将长箭紧贴在手臂两侧以固定关节，然后，紧紧地用绷带缠起来。柯迪仍处于昏迷之中，手臂直挺挺的，像截木板。

"暂时先这样。"斯瓦托说，"稍后我再好好处理——如果有机会的话。"

"有没有逃出陷阱的方法？"西格丽德侥幸地问。

斯瓦托叹了一口气，站起身来。

"据我所知，没有。"他说，"你们可能猜到，关于巫蛊龙的事，都是爷爷帕德博告诉我的。可他并没有说该如何解决。对不起……对不起！"

"塞子又回来了！"我提醒说。

第 21 章

巫蛊龙赠送的美食

我们被困在巫蛊龙的体内已经十天了，情况没有任何好转。鲑肉色的墙壁就这样无穷无尽地向前延伸，恶臭的热浪包围着我们。

塞子一追就是十五个小时，然后做三小时停歇。我们就趁机睡一会儿——这正是巫蛊龙的目的，让猎物恢复必要的体力。

"为什么只给我们三个小时呢？"西格丽德不解，"只有休息好，才能走得更快啊！"

"是。"斯瓦托说，"但同时我们的脑子也会转得更快。"

"它害怕我们思考？"柯迪抱怨。

柯迪很快就恢复了体力，走得比任何人都快。受伤的胳膊让他吃了不少苦，但他从未抱怨过。

"不清楚。"斯瓦托缓慢地说，"也许是怕我们想出逃脱的办法？"

有一天，大概是 11 月 15 日左右，地面上出现了一些藻类，散发出还不赖的香甜味。达琪二世开始疯狂地啃起来。

"看上去好像能吃。"西格丽德说。

"是的。"斯瓦托说，"巫蛊龙想得真周到啊！"

看到我们都不解地望着他，他又补充说：

"如果想要猎物活着到达它的胃里，肯定要喂猎物吃东西啊！"

"混蛋！"西格丽德生气地朝藻丛踢了一脚。

这些藻类出现在我们储粮告罄之时。我们所剩之食，不过是十颗黄色浆果和三张碎成粉末的饼子。这个巫蛊龙，好像能看穿我们的粮袋。

"这些藻叶，我一口都不沾！"柯迪说，"宁愿饿死！"

接下来的几个钟头，达琪二世的表现十分奇怪。它完全停止了叫唤，目光直直的，一路小跑向前，再也没摔一跤。我们大声地喊它，它跟没听见似的。柯迪想抓住它的脖子，被它躲开了。柯迪还想试试，又被它咬了一口。

"畜牲！"他抱怨道。

我以为柯迪会发火，可是他没有。他满脸歉意地追在达琪二世身后，轻轻摸摸它的屁股，为刚刚那句"畜牲"道歉。然后才叹着气，回到我们身边。

"我真搞不懂。"柯迪苦恼地说，"它一向都挺温顺，挺喜欢我的。"

"它中毒了。"斯瓦托说，"是那些甜藻惹的祸。"

我们顿时明白，如果吃了巫蛊龙准备的食物，会是什么后果。

"我们得定量食用。"斯瓦托说。

"定量食用啥？"柯迪抱怨，"我们啥都没有了。"

饥饿很快就开始折磨我们的胃。地面上的甜藻变得越来越多，引得我们直流口水。

"这香甜味儿简直就是一道酷刑。"西格丽德喊道。

"别以为我们会上当，你这条邪恶的毒蛇！"柯迪朝巫蛊龙叫嚣。

我一直等着柯迪责怪我选错了路。我几乎能想象到他的话："小伙子，你那莫菲尔的直觉，真值得你骄傲！多亏了它，我们才变得跟老鼠一样，被世界上最长的怪物永无休止地消化着。"可我们逗留在巫蛊龙体内那么长时间，他都没有责怪过我，甚至连暗讽都没有。

大概在 11 月 20 或 21 号，塞子突然停止了运动。达琪二世累瘫在地上，我们趁机挤了一点儿奶。我端了半碗富含奶油的羊奶给达夫尼，它"呼呼"地大口舔起来。

"甜藻毒性可能会扩散到羊奶中。"斯瓦托警告我们说，"这种可能性很大。"

我恨自己没想到这一点，赶紧收回碗，可惜为时已晚：达夫尼把羊奶全喝光了。

"我觉得这种毒素并不是很危险。"斯瓦托宽慰我，"达夫尼会变得梦游一般，叫都叫不住。不过，仅此而已。我敢打赌，毒素迟早会从体内消失的。"

这时，达夫尼发出一声决斗般的嚎叫：

"嗷——"

它摇头晃脑，凭空咬了几口，只有六颗牙的嘴里发出"啊呜、啊呜"的声音。

我的小龙像猫一样腾空而起，翻了几个筋斗，与虚拟的敌人争斗。

"我敢打赌，它疯了。"柯迪说。

突然，达夫尼冷静下来。它若无其事地坐到我身边，一副心满意足的样子。它的目光很正常，一点儿也不是直勾勾的。脸色也比平时更显容光焕发。

"嗷——"达夫尼证明自己无恙。

柯迪竖起耳朵：

"你们听！"

在这间有生命的"监牢"里，我们学会了判断各种声音：巫蛊龙的呼吸声深沉又粗犷；腑脏蠕动是不规律的咯吱声；还有其他的声响，有的像猫叫，有的像奇怪的笛声，每隔一刻钟就会响起。

所有声音中，最令人生厌的还是塞子的声音。哪怕是在间歇期，这个追逐者仍然会发出可恶的嘶鸣声。可现在，这嘶鸣声消失了。

"没有塞子了！"柯迪说，"你们看，快看啊！我没做梦吧？"

几分钟之前还在我们十步开外的塞子，现在确实不见了。

柯迪皱着眉头——他的胳膊依然很疼——一下站起来，跑向达琪二世，本想用完好的那支手臂把它抱住。可达琪二世醒过来，想要开溜。柯迪三步两步就追上它，抓住它的脖子，手脚并用地将它翻过身来，摁在地上。

"快来帮忙！"他喊道。

我赶紧跑过去。

达琪二世不停挣扎。它张开嘴巴想要呼喊，却发不出任何声音。在把它架到柯迪的肩膀上之前，我把它的脚两两捆在一起。

"要不要我来扛？"我问。

柯迪摇摇头。

"绝对不。"他一边说，一边蹲下身来，准备"接货"。

接下来，我们都向出口走去。达夫尼在腰包里平静地睡着了，呼吸声令我很舒心。不知道为什么，每次看到熟睡的达夫尼，或听着它满足的鼾声，我都感觉好像是自己在休息一般。

"圣玛利亚！请保佑我们的希望不要落空！"柯迪祈祷，"如果那个邪恶的塞子还会回来，让它现在就出现吧！"

我们疾步行走，一时间忘记了疲惫。一小时过去了。二小时过去了。大家变得异常欣喜。

"噢耶！"我大喊。

"成功了！"西格丽德的声音更大。

斯瓦托朝我们微笑，好像比起他自己，他更为我们感到高兴；好像在他的眼中，我们的生命比他自己的更重要。

柯迪高兴的样子把大家都逗乐了——他身体后倾，跳了三下舞步，却又舍不得放慢前进的速度，看上去就像一个傻傻的小青年。

"圣玛利亚！"他高喊，"耶稣之母！世界上最伟大的女神！我爱你！等我回到尤普达拉，我立刻就去教堂亲吻你！没错，我要亲吻你那圣洁的额头！"

还没喘过气来，他又用更大的声音喊起来：

"圣玛利亚！"

希望仿佛给我们插上了翅膀。只可惜，由于两天没进食，我们的身体却开始抗议。斯瓦托和西格丽德拖着步子，我则开始头晕。

"休息一下吧！"西格丽德请求，"我走不动了，想睡一会儿。"

"我也是。"我立定。

"如果连莫菲尔都说累了，那……"

柯迪走在我们前面，他一路小跑着回来，证明至少他还有体力。

我们已经习惯了拿柯迪的盾牌刮去地面上的口水，好让道路变得干燥一些（尽管不会维持太久），我们可以坐下或睡觉。一般都是斯瓦托干这个活儿。

"我在想……"斯瓦托一边刮，一边说。

"你在想什么，我的朋友？"柯迪鼓励他说完。

柯迪还是第一次叫他"朋友"。

"如果我们每次只吃一点点甜藻，比如说一小口，然后好几个小时才吃一次的话……"

我立刻明白了斯瓦托的意图。

"也许就不会变成达琪二世那样了。"我赞同说，"也许少量的毒素，根本不起作用！"

"或者只有一点点作用。"斯瓦托说。

"不错。"柯迪赞赏道，"这主意很不错！"

他放下山羊，掏出匕首。我以为他要帮达琪二世松绑，其实他是拿匕首来割甜藻。

"试试看。"他说。

他把藻叶切成大小一致的四块，分给大家。

"别忘了达夫尼。"我说。

听到自己的名字，我的小龙探过头来。柯迪切了第五块甜藻，递给达夫尼。

"哎哟！这家伙长牙了！"

"上面四颗，下面两颗。"我骄傲地说。

"很好吃。"西格丽德用牙尖小心翼翼地嚼着自己的那一块。

"味道甘美。"柯迪给出更高的评价，"你们尝到没有，回味有点像……蓝莓！"

"你不吃吗？"我转向斯瓦托，惊讶地问。

"不。万一这毒性真的很强，我怕你们会失控，扑在藻

英雄比约 ❷ 地狱之门 DI YU ZHI MEN

堆里……"

"扑在藻堆里吃个不停。"柯迪说，"确实有这个危险。"

"我们都会变得跟梦游者一般！"西格丽德害怕地说。

"我们会与出口背道而驰。"我也假想，"那就彻底完蛋了！"

"好在我们有一个虑事周全的朋友！"柯迪赞赏地说，"了不起的斯瓦托！"

我们这一觉睡得比预计的时间要长。实际上，我们睡了整整一晚加半个上午。醒来的时候，大家觉得头脑清醒，浑身轻松。柯迪毫不犹豫地又割了几块稍大的甜藻。

这一次，斯瓦托也加入了美餐。

我们沉默着吃掉甜藻，脑子里只有一个念头：出发。大家都快速收拾好行李——行李都被打湿了，我们自己也是。我正要迈步，柯迪一把拉住我的胳膊：

"嘘！"

第 22 章

西格丽德的发现

一开始，我什么都没听见。西格丽德和斯瓦托也是。可接下来……从很远的地方，传来一阵熟悉的嘶鸣声！

西格丽德的脸"唰"一下白了。连向来理智的斯瓦托，也用伊霍格瓦语骂了一句粗话。

很快，那令人生厌的嘶鸣声就响彻整个空间，充斥着我们的头脑，撩拨着我们的神经，仿佛全宇宙只剩下这个声响，它吞噬我们的灵魂，正如得逞的叛军吞噬一座城池。

"我恨不得立刻死去。"西格丽德呻吟着，"只要不再听到这个声音。"

"该死的塞子。"柯迪从齿缝中挤出一句。

突然，从暗中飘出一个身影，仿佛白色的幽灵。西格丽德一把抓住我的手，握得我生疼。

"好像是一只鹿。"斯瓦托低声说。

确实是一只鹿，被塞子推着往前走。这只可怜的动物从我们跟前经过，却没看到我们。显然，它中了藻毒。

"原来塞子是去寻找新猎物了。"斯瓦托说，"可笑，我居然没想到这一点。"

柯迪把达琪二世往我怀里一扔，一屁股坐在地上：

"我再也不动了。"他宣布。

我试图劝导他。可我承认，这劝导没啥说服力。

"让我静一会儿！"柯迪吼道，"要走你走吧。你们三个都走！像温顺的绵羊一样！屠宰场在等你们呢！"

惭愧的是，我当时真的走了。西格丽德和斯瓦托跟着我。我们应该一起劝慰柯迪，拉他一起走。可惜我们没做到。

我很快又停下来，像个傻子一样站直，眼睁睁地看着塞子以越来越快的速度冲向柯迪。我的脑子里在喊："柯迪，求你了，站起来！快过来！"可我却没有发声。

柯迪弓起背，等着塞子。他想凭一己之力堵住塞子。他以为自己能做到。

只差几秒钟他们就要撞到一起了。西格丽德张开嘴，但她的叫声被塞子的呼啸吞没。

"噗嗤——！"

柯迪就像一枚被巨浪席卷的小卵石，不停地翻滚。那支受伤胳臂上的支架没了踪影，一会儿被他压在身下，一会儿又被甩在身后，无力收回。简直惨不忍睹。

我拔出提尔锋。斯瓦托举起狼牙棒。但西格丽德动作最快：眨眼间，她已经将三支箭射入肉塞的正中心，令塞子戛然而止。

箭的周围，鲜肉颤动着，向里缩紧。这令我想起了被刀尖刺到的生蚝。

我跑过去抱起柯迪。他的脸上写满痛苦。斯瓦托拿着满满一壶烧酒走过来。

"这壶酒我一直保存着，轻易不拿出来喝。"斯瓦托勉强地笑着。

"装腔作势。"柯迪挤出几个字。

我接过酒壶，倒进伤者大张的嘴里。柯迪终于恢复了一丝血色。

"我还以为自己死定了。"他叹息了一声，"再倒点儿。"

"就算全喝完，也不能帮你加速康复。"斯瓦托悲伤地说。

柯迪手臂上的绷带全散了，一直拖到地上。斯瓦托想帮他检查伤势，但一声尖锐的呼啸提醒我们，塞子即将再次发起进攻。斯瓦托只好暂时先缠好原先的绑带，又三下五除二地做了一条悬吊围巾，挂在柯迪的脖子上。

"这样会舒服一些。"

"谢谢。"柯迪说，手臂从围巾中穿过，"现在，上路吧，绵羊们。"

在此期间，塞子上多了一层白色物体，发出珍珠般的光芒。

"是张盾牌。"斯瓦托说。

为了确认，西格丽德立刻搭箭，把弓拉到最大——嗖！箭从塞子上反射回来，落在我们脚边，箭头都歪了。

我放下达琪二世，往它屁股上用力一拍。它立刻头也不回地向前奔去，跟在那头身影清晰可见、又蹦又跳的母鹿身后。

"噗嗤——！"

塞子重新启动。速度之快，让我们先是猛跑，随后又一刻不停地碎步疾走了三十多个钟头。就在我们体力透支、即将倒地的时候，塞子停住了。奇怪的事情发生了：我们四周突然悄然无声，嘶鸣、呼啸、怪笛声以及其他一切声响，都让位于一片深沉的寂静。

"巫蛊龙教训了我们一顿，现在让我们安静地休息一会儿。"我心想。

我们早就追上了那只母鹿。塞子一停，达琪二世和母鹿都倒在地上，即刻便睡去。它们平稳的呼吸和无所谓的态度，着实令人羡慕。

我们带的好几个水壶几乎都空了。干渴开始折磨我们。

"它们闻起来又新鲜又多汁。"柯迪抚摸着一簇甜藻。"为什么不干脆吃个饱呢？意志清醒地去送死有什么好？"

"事情会有转机的。"斯瓦托鼓劲说，"我们说不定还有机会。我还抱有希望。"

"我已经死心了。"西格丽德幽怨地说。

可是，两天以后，却是她有了一个决定性的发现。

我们在越来越高的温度下缓慢前行，自始至终都无法习惯巫蛊龙那恶臭的呼吸。只要怪物一喷气，臭气就劈头盖脸地罩来，那种恶心感简直无法形容。

我还记得，走在最前面的是柯迪。他不时对达琪二世说一句温柔的话语。

"哪怕我不开口，它也能读懂我的意思。"柯迪自信地说，"不是吗，我亲爱的梦游小羊羔？你知道，柯迪很爱你，一点儿也不怪你咬了他……我可怜的小家伙，走吧！"

突然，西格丽德站住了。她转过身去，举起一只手，五指张开。

"你们感觉到了吗？"西格丽德问，"后面有空气飘来。新鲜的空气。"

"还真是！绝对有。"柯迪照西格丽德那样做，肯定地说。

"毫无疑问。"斯瓦托也说。

一开始，我们以为空气是从地道入口吹来的，也就是巫蛊龙吸进体内的新鲜空气。可是由于有塞子在，这种吸气早就被堵住了。怪物以什么方式吸气呢？我们可从没想过这个问题。如果有人问的话，我猜自己会回答：用鼻子。

新鲜空气再次吹到我们背上。

"它从哪儿吹来的？"柯迪问，眼睛盯着不断向前的塞子。

"我觉得好像是墙壁上吹来的。"西格丽德说。

她靠向墙面。

"没错，我能感觉到气流。瞧，这里的气流更强。"

她往后走了几步，差点儿和不断催促她向前的塞子撞了个满怀。

"有好几处都有实实在在的气流。"她回到我们身边。

英雄比约❷
DI YU ZHI MEN
地狱之门

"我们先别停下，跑个五分钟。"我建议，"然后再停下来好好检查一下墙壁。"

"有道理。"柯迪赞同。

我们很快就超过了达琪二世和母鹿。它们对此仍然没有任何反应。很快，山羊、母鹿和塞子都消失在我们的视野中。

斯瓦托估摸着十分钟已过，才喊道："停！"

我举起一只手，一语不发地靠近墙面。其他人也跟着学样。我能感受到一股十分细微的风。西格丽德站在我旁边。我沿着墙壁往右侧探寻，她则往左。柯迪和斯瓦托在检查对面的墙壁。

"在这儿！"西格丽德突然大喊。

她用牙齿咬住银棒，双手凭空摸索，好找到确切的空气入口。只见她先是蹲下身来，然后双手交叠着往上升，她逐渐直起身子，甚至踮起了脚尖。

"空气入口是垂直的，很狭小。"她宣布，"像一条缝。"

我们全围到她身边，死盯着巫蛊龙那发亮的内皮。

墙壁在缓慢而规律地移动，一会儿向外鼓出，一会儿又缩向我们。可是，我们却连缝隙的影子都没找到。

"我没发现。"柯迪有点儿沉不住气了。他张开手掌，又说："可我明明感觉到这股风了呀……真搞不懂！"

斯瓦托在我们右边，肩膀靠墙，从侧面向西格丽德所指的地方望去。

"啊！"他叫道。

"怎么了？"柯迪问。

"刚刚我好像……我看见……"

"什么？你看见了什么？"

"好像是一个开口。"

斯瓦托怕自己看错了。他要柯迪过去再瞧瞧，我和西格丽德紧贴着柯迪。大家都沉默地等待着。

塞子的呼啸声突如其来，吓了我们一跳。与此同时，达琪二世和母鹿的身影出现在黑暗中。

"你看错了吧？"柯迪抱怨。

"我也觉得。"斯瓦托道歉。

可就在这时，一道光线在墙面从上而下闪过，细微如丝，很快又消失了。

"你们看到了吗？"柯迪问。

"看到了！"我肯定地回答。

"看到了。"西格丽德说，"你们感到新鲜空气了没？"

小心翼翼地，柯迪把手贴到墙上。他轻轻地抚摸着刚刚透出光线的地方，然后压了压巫蛊龙那黏糊糊的内皮。突然，他的手消失不见了。

"上帝啊！"柯迪低声说。

他把整支手臂都伸了进去，直到肩膀。

"我的手在外面了！孩子们！我能感到外面的空气在流动！"

"噗嗤——！"

英雄比约 ❷
DI YU ZHI MEN
地狱之门

是塞子！它离我们很近了。柯迪一把抓住西格丽德的肩膀，趁微光再次闪现、内壁张开时，把她放在开口前。

"女士优先。"柯迪说。

"绝不！"西格丽德反抗。

"别闹了！"我生气地推了一把西格丽德，"快走！"

她用双手按墙，摸索着。巫蛊龙的内皮顽抗了一阵，但最终还是被西格丽德找到了出口，钻了进去。一支手臂、一条腿、头……很快，她整个身体都挤进出口，消失了。

"噗嗤——！"

"轮到你俩了！"柯迪命令道。

他跑去找达琪二世。

"母鹿怎么办？"我突然焦急地问。

"来不及了！"柯迪边抱怨，边急匆匆地往回跑。"快！快！"

"我们不能扔下它不管。"

塞子距离我们只有三十步远了。它疯狂地呼啸着。

"行行好，别犯傻！"柯迪生气了。

"你们先出去。"我冷冰冰地说，"这是命令！"

可柯迪和斯瓦托都不服从。

我不顾同伴，把行李往地上一扔，从中取出绳索。我追上那只母鹿（它距我并不远），将绳子套在它脖子上，把它拖了过来。

"那鹿角呢？"柯迪吼道，"永远过不去！"

英雄比约 ②

DI YU ZHI MEN

地狱之门

我抽出提尔锋，不容分说地把鹿角齐根砍去。它们像枯枝一样落到地上。

"噗嗤——！咔！"

"该你了，柯迪！"

这次他服从了我的命令。他背贴着墙，像螃蟹一样横着走，最终由出口挤到巫蛊龙体外。

塞子加快了速度，下一秒就要撞到我们身上。

"斯瓦托！"我指着出口朝他大喊。

"不！你先！"

我从他的目光中读到一份绝不更改的坚持。于是，我朝墙壁撞去，仿佛陷入一块黄油中：西格丽德和柯迪把出口撑大了。我闭上眼睛，想尽快逃离这份令人恶心的压迫感。有个东西抓住了我的脖子（是柯迪的手），把我拉到外面。我向前一扑，倒在柔软的草丛里。一道橙色的强光刺得我直眨眼。

"是个男孩！"柯迪开玩笑说，"就叫他比约吧！"

"确实跟生孩子差不多。"西格丽德附和。

"别开玩笑了，快来帮帮我！"我生气地说，"里面还有人呢！"

我把绳索递给他俩，三人一起把母鹿从怪物体内拉了出来。由于母鹿体积较大，又极不配合，我们花了好大力气才成功。

"这鹿怎么跟牛一样犟！"柯迪抱怨。

刚一出来，母鹿就扬起蹄子，拖着我的绳索跑远了。我们再也看不到它了。

我们等着斯瓦托。但他一直没出来。

"说不定塞子比他动作快。"我惊恐地说。

这时，地面开始颤抖。

"是巫蛊龙！"西格丽德喊道，"它在挪动！"

"如果我们还留在这里，一定会变成肉饼。"柯迪说。

我们不得不立刻逃开，把斯瓦托交给残酷的命运。我们脚下的土地在颤抖，身后有激烈的响声在逼近。我扭过头去，只见怪物那硕大无朋、无头无尾的蛇形身躯，正恐怖地跃动着，扭曲着，起伏着，不时出其不意地甩出一鞭。

突然，巫蛊龙的身体向一侧弹起，又在紧挨着我们的地方重重落下。我跑在最后，差点儿没被压死。

"快一点儿！"柯迪高喊，"你太慢了！"

他说得没错。因为我的内心还在为抛弃了斯瓦托而深感内疚。这份沉重的罪恶感，令我迈不开步来。

"都是我的错。"我心想，"为了救一只母鹿，我牺牲了自己的朋友。"

我清楚地知道，这一刻，我痛恨自己。

第23章

倒悬的森林

我们仿佛又回到了地面上。因为我们现在所处的岩洞实在是太大了，大得望不到尽头。它的边界隐匿在黯淡的远方。

我们身边，有百来个天然形成的烟囱，往外喷浓烟。浓烟不断上升，在我们头上形成了一片阴暗、流动的穹窿。

"好像多云的天空。"西格丽德说。

前方四五公里处，地面被一道笔直的红色一分为二，传来一阵好似波涛声的深沉轰鸣。柯迪开始吟唱《莫菲尔斯诺李之传奇一生》的十一首组诗中的一首。世世代代，斐兹国的孩子们就在摇篮里听着这些诗句入眠。就算最没文化的国民，最底层的流浪汉，也能熟稔地背诵：

> 河流湍急
> 波光粼粼
> 伴随斯诺李
> 前往地狱

步履轻松

心却沉重

只因此河

乃死亡之路

"你觉得这是那条熔岩河吗？"听得入迷的西格丽德问。

"是的。我敢打赌。"柯迪回答，"这就是通往地狱之路，我们完全没有走错。不用问那些双头蛇或者恶鬼就知道。"

"什么恶鬼？"西格丽德问。

"你很快就会知道，丫头。"

"说嘛！柯迪，别卖关子了！"西格丽德压低嗓子加了一句："有时他真的很烦人。我早就想说了：比约，你这个朋友真让人受不了。"

"当上帝创造人类时，第一次创作失败了。"柯迪认真地说，"他做出的人相貌丑陋、罗圈腿，周身散发出死亡的气息。他想抹除这些残次品，但又于心不忍，就把他们埋在地心，眼不见为净。这些人，就是恶鬼。"

"头次听说有这种事。"西格丽德不以为然地说。

"我也没听说过。"我告诉她，"是国王告诉我和柯迪的。"

我语气平淡，因为心里还在想着斯瓦托。这会儿他仍被囚禁在巫蛊龙体内。我能想见他被塞子追逐着，跌倒在湿滑的地面上，陷入无边无际的孤独之中。

"他一定恨透我了。"我惊恐地想。

"人们也称之为'失魂人'或'糙泥人'。"柯迪用学者般的腔调继续谈论恶鬼，"古老的传说和诗歌都很少涉及这个话题。我们只知道，恶鬼极其凶狠、残忍。"

"据说他们嗜血如命。"我心不在焉地搭话。

"棒极了。"西格丽德说反话。

"恶鬼数以千计。"

说着，柯迪用绳子牵着达琪二世，向河流走去。

"我得喘口气。"西格丽德则说。

她在草地上躺下。我坐到她身旁，扭头看向巫蛊龙的方向。

巫蛊龙一动不动。金黄色的鳞片上散布着蓝绿色斑点，青翠欲滴，仿佛怪物实在可怖，连它们都吓得大汗淋漓。

"我想沿着巫蛊龙走走。"我说，"要是斯瓦托逃出来了……"

"你瞧见怪物身上那些略呈弧形的竖缝了吗？"柯迪问我，"那是它的鳃。我们就是从那里逃出来的。"

"我明白。"

"现在，你告诉我，你还看到其他的鳃了吗？好好看看，小伙子，睁大你的眼睛。你会发现，巫蛊龙身体其他部分的皮肤像墙面一样光整，一丝裂缝都没有！"

"上帝啊！"我呢喃。

"我们走的是最后一条鳃。"西格丽德心有余悸。

"确切地说，是倒数第二条。"柯迪嚼着一块甜藻说。

我迷茫了。到现在我都记得当时的感觉：我的心、我的胃肠……我的五脏六腑，仿佛都瘫软在脚底。

"走吧！"西格丽德握起我的手，温柔地说。

我动弹不得。过了五分钟，才缓过神来。听西格丽德后来说，我开了几次口。她说：

"你像哑巴一样呜哩呱啦，吐出一些听不懂的词。那样子怪吓人的。"

一股狂热逐渐吞噬了我。我动作缓慢地抽出宝剑，"噌"地站起来，打算去巫蛊龙的肚皮上划一个口子。

"比约！"西格丽德大叫一声。

我奔跑起来。据说当时的我看上去就像一头受伤的困兽。对此，我自己已经不记得了。

"埃里克之子——比约！"柯迪吼道。

我还没跑出二十步，一份重量就压上我的肩头，令我跌倒在地。

"嗷呜——"被压在我身下的达夫尼厉声尖叫。

几缕柔软的头发钻进我颈窝，发出馨香。

"如果你不要命了，得先杀死我。"西格丽德喘着气说。

她突然扳过我的身体，激动的目光投入我的双眼。直到看到我已泪流满面，她的目光才柔和下来。

"都是我的错。"我哽咽着。

"他完全知道这场任务的风险。"西格丽德为我拭去眼泪，

"你没有强迫他来。恰恰相反，是他自愿跟随我们的。"

"可我……"

"别想了！身为首领，就该义无反顾、勇往直前。等一切都结束了，你有的是时间自责。"

她站起来，抓着我的手，想把我拉起来。

"来！我的莫菲尔。"

这一刻的西格丽德永久地镌刻在我记忆里：头发凌乱，金光照在她秀美的脸庞上，给人一种健康的假象（实际上我们都营养不良）。她靠过来，久久地亲吻着我。

"好了吗，小情人们？"柯迪不耐烦地说。

"好了，好了。"我的未婚妻整了整衣裳。

我和西格丽德手牵着手，一起向熔岩河走去。

靠近巫蛊龙的地方，草被丰厚柔美。越往远处，青草越稀少，直至完全消失。达琪二世边走边吃，都不愿意离开，柯迪不断把绳子往回拖。

"等等。"柯迪朝我们喊。

他陪着山羊往回走。只听见他的声音说：

"你还想吃啊，我的小家伙。这也不能怪你。柯迪爸爸就让你吃个够！敞开吃吧，吃撑了都没关系！去吧，我的小宝贝。"

"好了吗，小情人们？"一刻钟后，西格丽德问。

"咩——"达琪二世回答，肚子圆滚滚的。

"你瞧，它又说话了！"柯迪激动地说。

他把自己的长袍铺在地上，用灵活的那只手扯了很多青草，放在衣服上。

"我这叫扯草，明白吗？'扯——草'。"

等青草足够多了，柯迪就把长袍的两只衣袖系上，做成一个包裹，递到达琪二世的鼻子下面：

"这是给你一会儿吃的，小宝贝。你看，我想得很周到吧？"

他们迈着轻快的步伐走了回来。小山羊一直以感激的目光看着柯迪。这幅本应该很动人的画面，却令我惊愕。

"柯迪无微不至地照顾着达琪二世。他已经把斯瓦托给忘了。"我心想。

我们不断前进，温度也在不断攀升。我也脱下长袍，像柯迪一样光着膀子。在我身旁，提尔锋清凉如初。我把双手贴上去，原本汗津津的手心立刻舒适无比。

"我的喉咙快要冒火了，孩子们。"柯迪抱怨道，"我能一口气喝干阿尔国的大海，以及世界上所有的大洋！绝对能！"

他打开水壶，一饮而尽——也不过只有三滴水。

"如果再找不到水源，这趟旅行恐怕要告终了。"

"挤羊奶就行。"西格丽德建议，"它吃了这么多新鲜的青草，羊奶里应该不会有毒素了。"

"呃……"柯迪拧紧眉头，"行，不过得悠着点儿。每人只能喝半杯。我们的小山羊已经吃了不少苦，可不能再为难它。"

我本想说饱食甜藻和青草的达琪二世，是我们几个中受苦最少的。可最终还是把话咽了回去，沉默着喝完了属于自己的那半杯羊奶。

有那么一会儿，我们脚下的植被变得繁杂起来：腐坏的枝叶、奇怪的藤条……西格丽德一耸鼻尖，提示我们望向岩洞昏暗的壁顶：在我们头顶上方，大树垂下柔软的枝条，看上去像人倒悬时垂下的头发。

"这是一片倒立的森林。"柯迪诧异地说。

第 24 章

巨枝炸弹

英雄比约 ❷

DIYU ZHI MEN

地狱之门

　　我们眼前的树木异常巨大：树根消失在萦绕壁顶的浓烟之中；树枝多叶，修长而柔软，呈现几近黑色的暗绿，让人想起巨型饰带。

　　达琪二世疯狂地翻扒着地面的植被，时不时地咬一片树叶，又立刻吐出来，一脸嫌弃。

　　"咩——"它抱怨道。

　　"来点儿青草？"柯迪把包裹递到它跟前。

　　可山羊却转过身去，继续在地里寻找。

　　厚厚的植被遮住了地面天然形成的烟囱，到处都有青烟平地而起，形成一道细微的蓝色螺旋。我们好像走在一片刚经历大火，仍余烬未熄的森林里。

　　头顶上方的树木在呻吟。随着一声"咔嚓"，总有断枝跌落。这些断枝比成年的冷杉树干还粗。

　　"这里很危险。"西格丽德担心地说。

　　就在这时，达琪二世把头钻进一堆树叶里。紧接着，胸脯、屁股，乃至整个身体都跟了进去。

"达琪二世！"柯迪喊道。

我们赶紧跑到山羊消失的地方。我看见柯迪吓傻了，冲着圣玛利亚又是祈祷又是咒骂，把周遭的树叶翻得满天飞。他单凭一只手，都比我和西格丽德两个人加起来还挖得快。

很快，达琪二世出现在一个洞底。它平静地趴着，两条前腿间盘着一个绿色的大球。

"咩咩！"它朝我们发出胜利的叫声。

我跳进洞里。把达琪二世托举着递给柯迪，然后拾起那枚圆球。球的表面覆盖着一层带刺的壳。

"一枚蛋？"西格丽德问。

"更像是一颗果实。"我说，"那种巨大的坚果。"

见到所获之宝落入我的手中，达琪二世在柯迪怀里不停扑腾。

"噢？"我摇了摇果实，"里面好像是液体。"

"拿来瞧瞧。"柯迪两眼放光。

我把圆球抛给他，趁他打开果实的时候，打量起我所在的这个洞：洞壁由温热的红土组成，里面嵌满了卵石。我用剑刺向墙壁，立刻有大块大块的红土滚落下来。

这时，传来柯迪不耐烦的声音。是冲达琪二世说的：

"别烦我，小傻瓜！走开！你再这样，我就割了你的鼻子！"

"你发现什么了吗？"西格丽德坐在洞口问。

"这个！"我朝她挥了挥裹满红泥的圆球。

"干得漂亮，亲爱的！"

从洞里爬出来，我发现柯迪手持长剑，站在一个碎成几片的果实前。

"里面确实有液体。"他尴尬地嘟哝。

达琪二世正在一旁，舔舐着洒落在地上的一种类似牛奶的白色汁液。

我和西格丽德每人捡起一片碎果壳。果壳内里覆盖着一层气味香甜的白色果肉。我拿舌头舔了舔，立刻不顾安危地大啃起来。

西格丽德也不比我好多少。我们一边吃，一边交换着兴奋的目光：一是因为好久没有吃过这么鲜美的食物了，二是因为吃这枚不知名的果子实在是一场冒险。

"你们都疯了！"柯迪喊道，"如果果子有毒怎么办？"

我们嬉笑着看他，眼神里有一丝不服。这令他更为光火：

"你们还记得甜藻吗？每次只能吃一小点儿，而不是你们这种饿死鬼的吃法！瞧瞧你们，还不如一个5岁的孩子！"

"人间绝味！"西格丽德又咬了一大口。

我把另外一枚果实也去了刺，夹在胳膊底下，用提尔锋在果壳上钻洞。十秒钟后，香甜的果汁从小圆洞中溢出，十分诱人。

"干一杯！"我把果汁递给西格丽德。

"如果我中毒身亡呢？"

"咱们就一起死！"

西格丽德喝了三大口。我也照做，然后把果实递给柯迪。

"诗人先生，尝一尝？"

他迟疑了一会儿，嘀咕着把果实接了过去。

轮到柯迪喝了。一开始他还小心翼翼，可马上就没了任何顾忌。他一口气喝光了果汁，全然忘记了在一边苦苦哀求的达琪二世。

"咩咩咩！！！"

"我可怜的小宝宝。"柯迪抱歉地说，"我再给你找一个。全给你喝！"

白色的汁液抚慰了我们的喉咙，更新了我们的血液，连我们的呼吸方式都突然变得不同，每一次呼吸都很充足饱满。疲惫感不再是一种负担，反而令人觉得很舒适。我们周身上下，充满了一种全新的对生活的渴望，恨不得立刻迎接那些往往隐藏着巨大风险的简单小快乐。就连河流有规律的轰鸣声，此刻也变得令人心安。可就在这时，对于斯瓦托的回忆突然涌现在我的脑海中。我为刚才极乐的体验而深深感到羞耻。

西格丽德观察着我。她能读懂我的心思，就像读懂一本打开的书。我等着她说些什么，可她沉默着，扭过头去，不愿打扰我。我非常感激她的这一份克制。

"她正是我所需要的女人。"我心想。

一声恐怖的断裂声打破了寂静。一根比龙头船的桅杆还长的树枝掉下来，落在离柯迪三步远的地方。

"见鬼！"柯迪怒吼道。

我们重新上路了，一边加快脚步，一边不安地打量着这片倒悬的森林。只有达琪二世还在绳子一头无忧无虑地雀跃着，不时从草丛中翻出一个大坚果。我们以最快的速度捡起来，继续赶路。

森林的呻吟声和断枝声越来越密集。我们穿梭在各种各样的坠落物之中，或小或大，或硬或软，就像一场十足的枝叶雨。

"投炸弹啦！"柯迪气喘吁吁地说，"坚持住，孩子们。我们很快就到了！"

不远处，土地转变为红色。茂密的植被被光秃秃的泥地代替。我明白过来：那里就是森林的边界。

一枚坚果正好落到我的脚边。我不打算去捡了，因为风险每分每秒都在增加。

"头上的这片森林，想要我们的命！"柯迪在喧嚣声中喊道。

他一把抱起达琪二世，迈开双腿全速往前冲，不时跨越各种障碍物。在我左边，灵活轻快的西格丽德跑得比箭还快。我瞄到她身边有一根奇怪的黄色藤状物……在挪动！

"小心！"我指着"藤条"大喊。

西格丽德跃向一旁，险些遭了毒蛇的暗算。我突然记起玛玛布的话："毒蛇……毒蛇！"

森林大发雷霆，仿佛要完全向我们压来。

"咔嚓！……啪！……噼啪！……"

"阿哈德！噢！阿哈德！"柯迪扯着嗓门，喊起了斐兹国的战斗口号。

"阿哈德！噢！阿哈德！"我也跟着高呼。

我们安全抵达红土地，身上连一块擦伤都没有——这真是个奇迹！我们下意识地朝头顶望去，这里的壁顶连一棵树都没有，只有一层浓烟，不时有橙色光线闪过。

这里距河流只有几步之遥。空气炙热。奔腾的岩浆引起了我们的好奇，大家都忘记了休息，而是迈着谨慎的步伐，一起向河边走去。

"呀哈！"达夫尼高兴地探出头来。

身为一条龙，它非常喜欢高温，光是看到火，都要开心老半天。而眼前的景色，正得它心。

熔岩河宽三十余米。河水湍急，发出耀眼的光芒。厚重的岩浆拍打着两岸的岩壁，在河心数不清的小岛上撞出火光四射的浪花。

"景致倒是不错！"柯迪在我身边说。

"你说什么？"西格丽德问。

"他说这儿的景致不错！"

她点点头，表示赞同。在轰鸣声中，我们不得不放弃语言的交流。

我们在河边观看了很久。欣喜若狂的达夫尼快要把脖子撑断了，眼睛瞪得跟铜铃一样。它在腰包里坐立不安，我得用双手才能把它按住，不然它早就跳到地上往前跑了。

"你是想跳水吗？"我生气地说。

最后，我不得不在它屁股上重重地打了一下。我讨厌这么做，可这一招总是特别有效。

柯迪一抬手，示意我看从壁顶飘下来的东西。那是一片银色的星形树叶，在空中优雅地旋转着。很快，它就会被烧毁，甚至在触及熔岩之前。

"看来那上面还有树！"柯迪凑在我的耳边说。

我们的目光追随着那片落叶。令我们大跌眼镜的是，它并没有被焚毁，而是轻轻地落到河面上，随着熔岩漂去。这到底是什么树叶，能承受这么高的温度？

柯迪和我交换了一个诧异的眼神。

"太神奇了！"我的同伴说。

我们还没有从震惊中回过神来，我却瞥见了河流下游一个更令人惊愕的东西。

第 *25* 章

开往地狱的龙头船

一开始，我还以为是一朵白云飘在河面上。可定睛一看，却是一艘船，既没有船桨，也没有船帆，让我立刻想起了在拉夫宁山洞里看到的壁画。

"瞧那边！"我大声喊着，指向船的方向。

西格丽德和柯迪都一副不解的表情。

"龙头船！"我喊道。

柯迪看了我一眼，那样子像在说："什么龙头船啊？在哪里？"我抓住他的肩膀，把他扭向船只所在的方向。

"没看见。"他十分肯定地说。

一旁的西格丽德也抱歉地摇摇头。

"我总不是疯了吧。"我嘟囔着。

就在这时，龙头船开到了我们跟前。我看到甲板上有一些泛白的身影，几乎是半透明的。有大人，也有一两个小孩。

"他们都是亡灵。"我恐惧地想。

在湍急的波涛中，龙头船很快消失在远方。我把同伴叫到靠后一点儿的地方，好听得见彼此说话。

"你们什么也没看见吗？"我怀疑地问。

"你是说龙头船？没有。根本没有。我发誓。"西格丽德说。

柯迪并没有把我当疯子。相反，他神色凝重，甚至有些崇拜地看着我：

"你看到的是开往地狱的龙头船。"他肯定地说。

"把魂魄送往地狱的那种？"西格丽德非常惊讶。

"是的。"我说，"我也是这样想的。可为什么你们看不见呢？"

柯迪蹲下来，抚摸着达琪二世。

"别忘了，你是莫菲尔。"他提醒说，"能看见别人看不见的东西。"

我们饱餐了一顿美味的坚果，睡了一觉，又重新上路，沿着河岸狭窄的红土路往前走。我想可能是高温和有毒气体的原因，使得森林无法在靠近熔岩河的地方生长，只有那些长着银叶的树木才能适应环境。它们藏在壁顶的浓烟中，我们看不见树，却能见到不时飘落的星形银叶，有的甚至落到我们脚边。

向我们飘来的第一片树叶，先是在河流上方久久盘旋，随后被一阵热浪吹向我们，落到西格丽德跟前。西格丽德俯下身去，却被达夫尼抢了先：它被我用绳子牵着，飞快地扑了过去，将叶子衔在嘴里，开心地咕哝着，跳起一支奇怪的舞。任何人休想从它嘴里抢过它的宝物。

"你的小宝贝疯了。"柯迪说。

第二天，直到看到掉在地上的另一片银叶，达夫尼才终于松开了第一片（就连睡觉，它都用刚生出来的爪子把银叶抓得牢牢的）。于是它又跳了一次奇怪的舞蹈，像鲤鱼打挺。

"它特别喜欢这些树叶。"西格丽德笑着说，"甚至都舍不得吃。"

"丫头，这树叶不能吃。"柯迪观察过被达夫尼抛弃的那片银叶，说道，"它好像是金属的，却又长着绒布的纹理。大自然可真是神奇啊！"

他将银叶扔进河里。这一段河水相对平静。银叶在水面上优美地旋转着，抚摸着途经的峭壁，有那么一刻停滞在浪花中，随即被水流疾速冲走。

"我有名字。"西格丽德语调阴沉。

她双手叉腰，狠狠地盯着柯迪。由于压抑着怒火，她那小巧的鼻翼一鼓一鼓的。

"我有一个正常的、发音简单的名字。不是什么'丫头'，而是'西、格、丽、德'！希望你以后能记住。"

柯迪默默地看着她，一丝浅浅的微笑浮上他丰满的嘴唇。

"行。"他终于嘀咕了一句，然后继续赶路。

接下来好几个钟头，气氛都有点儿沉闷。柯迪和西格丽德互不理睬，我则十分尴尬。我不停地对自己说：身为首领，我应该帮他们建立良好的关系。一个称职的首领，知道该如何缓解最糟糕的气氛，让原本交恶的队员心悦诚服地握手言和。可我呢，我却不具备这样的能力。

"现在到底是何年何月，几时几分啊？"我试图打破沉默。

"我想可能是 11 月 23 日。也有可能是 24 日。至于几点钟，无从得知。"西格丽德说。

"要是斯瓦托在就好了。"柯迪抱怨。

我的血液顿时沸腾了。

"你还是头一次为斯瓦托感到难过呢。"我愤懑地说，"你难过，因为他不能再为你报时了。可在此之前呢？你有想过他吗？没有！一点儿也没有！"

"原来莫菲尔先生还能读懂人心哪！"柯迪嘲讽说，"你果真法力无边。"

"咩！"看到柯迪发火，达琪二世叫唤着，为它心目中的英雄担忧。

"你知道吗？打从我们自巫蛊龙里出来，我脑子里就一刻不停地在为斯瓦托谱写哀歌！"柯迪吼道，"我敢说，这首哀歌，能配得上驾崩的国王！"

"愿闻其详。"

我忍不住摆出一副质疑的表情。

"你以为我的心是石头做的。可实际上，我比你们两个加起来还要多愁善感。只是……只是我是个害羞的人。没错，'害羞'！这个词你们年轻人压根儿就不懂！"

这一份不同寻常的自白，把西格丽德逗笑了。

"我真是烦透你们了。"柯迪大喊。

他生气地转过身去，用力踏着大步走开了。达琪二世远远地跟着他，歪着脑袋，一副不解的样子。

"烦透了！"柯迪重复着，越走越快，"烦透了！烦透了！"

我们花了两天时间，才与柯迪和好如初。他最后扑进我怀里，为他那"倔驴一样的臭脾气"道歉，接着又握了握西格丽德的手。

"前嫌尽释！"他用庄严的声音说。

"尽释前嫌！"西格丽德笑着回应。

我们马上就要面对一道真正的难题。如果说巨大的坚果为我们提供了较为理想的饮料和食物，现在到了该再去采集的时候。可只要我们踏上那片植被茂密的地面，森林马上就会响起"咔嚓"声，可怕的坠落物紧随而至。有时，我们还能摸回一枚刚好落在森林边缘的坚果，可这种情况少之又少。

西格丽德的视力非常好，能发现十多米开外的坚果，哪怕是藏在草堆里的。有一天，她问我要了一根绳子，在我们诧异的目光下把绳子拆分成几缕细线。

"这绳子可是很宝贵的。"柯迪说。

"生命也是很宝贵的。"西格丽德反驳。

她把拆下来的细线首尾相系，得到了一根更长的细绳。然后，她将一支箭绑在细绳的一端，神色严肃地走到植被边。

她眯起眼睛，扫视四周，很快她就站定不动。

"好。"她轻声说。

她屏住呼吸，拉开弓，猛地将箭射出去。我好像听到了一声闷响："啵！"

西格丽德把弓箭递给我，收回细绳。那支箭带着一枚坚果回到我们身边。这也是迄今为止我们见过的最大的一枚坚果。

"大功告成！"我的未婚妻开心地说。

"干得漂亮！"柯迪说，"你真能干。"

以前，他从来不会夸奖西格丽德。你们可能会说，他是因为饿了、渴了才这么说。也许吧。不过你们只猜对了一半。因为，我开始了解我们的柯迪，我敢肯定地说，这一刻，他对"丫头"的佩服之情是真的。

第 26 章

活烤肉

两天后，当西格丽德再次搜寻坚果时，发现了一个黑色小身影，很快又消失了。

"森林里有野兽。"西格丽德说。

"哪种？"柯迪想知道。

"我看到的好像是只大老鼠。或者说是只土拨鼠。"

爱吃肉的柯迪咂吧咂吧嘴，口水都要流出来了。

"趴下！"西格丽德突然说。

我们立刻服从。她蹲着，目光警觉。半个小时过去了，土拨鼠又冒了出来。它的出现只持续了两秒钟。

"它就出现在原先的地方。"西格丽德说。

她皱着眉。每当她思考的时候，都会这样。

"你们待在这里别动。"她说，"别出声。"

新的一场等待开始了。时间一分一秒地过去，显得十分漫长。我原以为柯迪会中途放弃，可他坚忍着，像岩石一样一声不吭，巍然不动。半个小时过去了，土拨鼠再次鬼鬼祟崇地冒出来。

"嗯，如我所料。"西格丽德说，"它的窝应该就在这里。"

"你觉得能射中吗？"柯迪担心地问。

"不，它停留的时间太短，射中的概率极低。"

我看到柯迪的脸上写满了失望。西格丽德坐到我们身边，眉头皱得更紧了。

"听我说，"她再次开口，"我觉得这家伙像肚子里有个沙漏似的，出洞的时间非常有规律，大概半小时一次。如果我们能精准地计算时间……"

"怎样？"我问。

"我就能在土拨鼠出洞前半秒钟，提前拉弓射箭。"

"这不可能。"柯迪叹了口气。

"得有个沙漏才行。可惜我们没有。不管怎么说，这计划听起来很难实现。"

"你说得没错。"西格丽德遗憾地表示。

一阵沉默。我们都望向那个洞口。几分钟后，那得不到的猎物将再次出现。

"有一首《先王之诗》。"柯迪突然说。

"然后呢？"我等着柯迪继续往下说。

"每当新王登基，或是王子降生，皇家骑兵团全体成员就会共同吟唱。"

"这我知道！"我有点儿不耐烦了，"大家都知道！可这跟土拨鼠有关系吗？"

"这首诗具有独特的韵律，且永恒不变。我敢肯定！我可以用同样的节奏念上一百遍，每一遍，每一个词、每一个音节，都会落在相同的时间节点上。"

"这不可能。"西格丽德说。

"就是能！"柯迪激动地反驳。

我们开始试验。西格丽德还是像先前那样蹲下身，土拨鼠一出现，她就掐一把柯迪，后者则开始背诗。他先后将诗歌背了六遍，到第七遍的时候，西格丽德突然掐了一下柯迪的手腕。

"土拨鼠！"她悄声说。

话音刚落，土拨鼠就消失不见了。

"'共享荣光'。"柯迪说，"我正背到'荣'字，你就掐我了。"

我们把试验重复了两次。每次都是在柯迪第七遍背到"荣"字时，土拨鼠就出现了。

"我真是太小看你了，红头发柯迪。"西格丽德说。我们的诗人，脸一直红到耳根。

到了执行计划的时候。

当土拨鼠再次出现时，西格丽德掐了柯迪的胳膊，后者开始背诗。一遍，两遍，三遍……六遍。当柯迪开始背第七遍时，我的心跳加速。最关键的诗段迟迟不来。等它终于来了，我已经把大拇指的指甲啃得快要冒血。

整个王国

都难以找到

这样的战争之王

柯迪的太阳穴开始冒汗。我能想象他得用多大的气力，才能集中精神，保持诗句的完美节奏。

战无不胜

共享荣……

西格丽德的箭几乎与"荣"字同时发出。一切发生得太快，我都没来得及看清楚。好像箭从正在立起身子的土拨鼠头上飞过。也就是说，箭发得太早。西格丽德光顾着瞄准，结果适得其反。

我们的失望可想而知。

"可能好一会儿它都不会再出来了。"西格丽德预言。

"真可惜！"柯迪痛苦地说。

"谁知道呢？"我说，"它说不定没注意到。"

三个小时过去了，我们始终没有发现土拨鼠的身影。我打算重新上路了。

"我们还会遇见其他土拨鼠的。"我不是很有底气地说。

八天后，新的机会才姗姗来迟。第二只土拨鼠的窝离我们更近。我们满以为更有胜算，一番谨慎的张罗之后，西格丽德的箭却再次落空。

"真倒霉！"柯迪嘟囔着，"达琪二世！过来！……咱们每人喝点儿牛奶，宽慰一下自己。"

我们逃出巫蛊龙快一个月了。大约在 12 月 20 日左右，西格丽德终于命中了她的第一只土拨鼠。这场我们称之为"奇迹"的胜利，她却在接下来的日子里成功重复了十二次。

我至今还记得她焦急拉回细绳的样子，生怕猎物半路上跑了。

"你的未婚妻真是一个奇特的小女子。"柯迪称赞。

"为什么是'小女子'？"我笑着问。

"你说得对，应该是'奇特的女子'。"

"那当然！"

"西格丽德小姐，有朝一日，我要好好为你谱写一首诗歌。我说到做到！"

西格丽德还沉浸在胜利的喜悦中，没有听见柯迪的话。她拾起地上的土拨鼠。应该有八公斤重。

猎物的腹部被射了个对穿。

"它的血是滚烫的。"西格丽德红着一双手说。

"奇怪的生物。"柯迪评价。

它像土拨鼠一样，有着丰满的头颅和普通的外表。可仔细观察，它与土拨鼠的相异之处却远比相同之处要多。

"六条腿。跟传说中玛玛菲嘉的坐骑一样。"我惊讶地发现。

柯迪粗大的手指翻开猎物光滑的毛发，露出覆盖在身体各处的腺体。

"是它的乳房。"柯迪说，"真多啊，连背上都有！"

"真恶心。"西格丽德缩了缩鼻子。

"你们注意到没，它额头上有只小角。"

说着，我指了指那个小小的突起。它摸起来就像一枚刚从火中取出的石头。

西格丽德想要立刻摆脱这只"土拨鼠"——没有别的名字，我们只能暂时这么叫它——把它递给柯迪。后者拿出短刀，手一旋，就给动物除了毛。

"现在看起来像兔子了。"西格丽德高兴地说，"我更喜欢这样。"

我开始拾一些细枝和干叶。

"你干吗？"柯迪问。

"生火啊！烤'兔子'。"

"没必要。"

看到我不解的神情，他割了一块肉，递给我。

"尝尝，莫菲尔。"

我一尝：肉块儿温热而多汁，烤得恰到好处，十分可口。

"怎么会这样？"

"简直令人难以置信。"西格丽德也尝了一口，"刚刚好！"

"你们还记得吗？"柯迪两眼放光，"《莫菲尔斯诺李之传奇一生》组诗中的《地狱之诗》，第十一段：

林地拾坚果

狩猎活烤肉

英雄填饱肚

再向地狱行

　　这就是'林地拾坚果'。"柯迪指向我们采集的坚果，"至于'活烤肉'，两代充满智慧的评注家绞尽脑汁，也没想明白是什么。我们却知道了答案——是乳房丰硕的土拨鼠！亲爱的孩子们，我们刚刚破解了斯诺李传奇中的不解之谜，哈利路亚！现在，开餐吧。每人两条烤肉腿！哈利路亚！"

　　烤肉不但令我们通体畅快，也令我们精神愉悦。从此以后，我们唱着歌儿赶路。柯迪也破例为我们讲起年轻时参军的故事。

　　有一天，他讲述道："斯登革战役时，我像以往一样，杀了五六名敌人。战争胜利后，我在回军营的路上遇见了国王。他徒步走着，身上满是伤疤和肿块。因为他本人也毫无保留地参与了战争。你们知道他的座右铭——也是我的——'维京人，于混乱中寻找出路'。看到我胸口的刀伤，国王叫住我，想要表示赞赏。我赶紧走向他，没想却滑倒在地——没错，我滑倒了，倒在一片血泊里。我跌了一鼻子灰，全身都趴在地上，激起周围的一片哄笑。'像你这种身份的人，还在我面前俯首贴地，这就叫谦逊！'阿哈德不假思索地说。'谦逊'、'俯首贴地'，你们明白吗？多么恰当的说法！真是奇思妙想！"

"太了不起了！"西格丽德朝我眨眨眼睛。

伟大诗人、红头发柯迪，为了这样的小事津津乐道，说明他十分爱戴国王，欣赏国王的一切，哪怕是最普通的话语。

1月里的一天，河道转了一个弯，把我们引向巫蛊龙的身旁。我们站在不足五十米宽的地面上，左边是翻滚的熔岩河，右边是浑身长鳞、沉睡中的怪兽。至于头顶上倒悬的森林，已经完全消失了，只留下长有银叶的树。因为我们不时还能收到它送给我们的星形"礼物"，令达夫尼欣喜若狂。

没有了森林和植被，我们再也找不到坚果和土拨鼠了，得压缩口粮，并寻找新的食物。

我发现，如果用力扭绞银叶，能得到一种可饮用的汁液，玫瑰色，无味。虽然每次只能挤出一小点儿，可每片银叶都富含汁液，取之不尽。饮水的问题由此彻底得到解决。

在巫蛊龙的身旁，也只有在那儿，才长有柔滑的青草。我想，怪物潮湿的身体解释了其中的原因。达琪二世特别喜欢这些青草。柯迪只让达琪二世在草地边缘啃食一点儿，从来不让它靠近怪物。睡觉的时候，他就把缰绳系在自己的脚上，睡得很警醒。

"它还没试过啃断绳索，但一定在打这个主意。"柯迪担忧地说，"你们知道，这是个狡猾的小家伙。"

达琪二世的叫声五花八门，快乐的，失望的，疲劳的，我们渐渐学会了区分。可有一天，它发出了一种新的叫声：

"哞……"

一开始，我还以为是达夫尼在哭。看到柯迪冲向山羊，我才知道弄错了。

"它一定是看到了什么。"

他顺着达琪二世的目光望去，什么也没发现。柯迪年过四十，他的眼神不如以前了。他也经常为此抱怨。

"在那儿！"西格丽德突然高喊。

她的脸"唰"地变了颜色。

第 27 章

斯瓦托之魂

就在距我们一百步远的草地边缘，有人倒在一大片血泊之中。

达琪二世蹲坐着，头朝天，发出一声尖锐的哀号。

"呜——呜！"

"它把自己当成狼了。"西格丽德说。

我们小心翼翼地走过去，同时监视着巫蛊龙——那个浑身是血的人可能就是被它压伤的。

"恐怕你们会看到不太好的场景。"柯迪提醒我们。

"我们又不是孩子了。"西格丽德不高兴地说。

我们越靠近，视野中那人的身体就越大。

"是个高个子。"我心想。

下一秒钟，我认出了斯瓦托。

我们以为是血的东西，其实是他的披风，像葬礼上用的被单一样在他身下铺开。我比任何人都跑得快，几乎是扑到朋友的身边。

他的脸白得吓人。我疯狂地翻弄行李包，找我的短刀。终于找到后，我把刀锋轻轻贴在斯瓦托的嘴唇上方。

"怎么样？"柯迪在我身后问。

我仿佛扛着全世界的压力，焦虑地看了一眼刀锋：光滑的刀面上，有一圈小小的水汽。

"他还有呼吸！"我宣布。

"感谢圣玛利亚！"柯迪双手合十，口中呢喃。

我摇了摇斯瓦托的身体，在他耳边说话。柯迪则十分温柔地将少许果汁滴进斯瓦托苍白的嘴唇间。可这一切都是徒劳的：斯瓦托仍然处于昏迷之中。

"他很冷。"西格丽德摸了摸他的手说。

我们将斯瓦托挪到靠近河流的地方，那里温度很高。几分钟后，他逐渐恢复了血色。突然，他张开嘴唇，吸了一口气。

"斯瓦托！"我大喊。

可惜他并没有醒过来。他的呼吸声听上去就像达夫尼小时候病得最重时的那种——那时哮喘病让达夫尼在死亡的边缘徘徊。斯瓦托的身体突然惊跳了一下，把我们吓得不轻。但随后他的呼吸又重归平静。以斯瓦托现在的虚弱状态，真教人害怕。

"这里太热了！"我喊道，"快！我们把他搬回另一边。"

很快，斯瓦托又回到了柔软的草地上。他苍白的面庞在深绿色的草丛中显得十分突兀。我的心揪得紧紧的。怎么办？我们真不知道该怎么办。

我很想给他喝一点儿烧酒。可惜烧酒也没了。

"他好像还有一些蜂蜜水。"柯迪想起来，目光搜寻斯瓦托的行李。

"我找过了。"西格丽德说，"他应该是把行李留在巫蛊龙体内了。"

两天两夜过去了，斯瓦托的身体状况丝毫也没有改善。我们喂给他的羊奶和果汁都没有被咽下去，而是沿着他的嘴角流到脖子上，令我们大失所望。终于有一天晚上，他咽下了几滴。我看见他的喉咙动了动，发出轻微的声音。

"我们胜利了！"我高兴地喊，"他喝下去了！"

"终于！"柯迪非常高兴，眼里闪着泪光。

第二天休息时，我没有睡觉，仍在监护着病人。我抚摸着达夫尼的下巴——它喜欢这样。达琪二世十分羡慕，不停地用羊角顶我的背。

"够了！"我嘟囔着，"到别处去闹。"

斯瓦托刚喝下半碗羊奶和果汁的混合物，这令我备受鼓舞。当我的目光无意中瞥向他时，却发现一个白色的影子，正从他体内缓缓飘出。这个影子有着斯瓦托的身型，我看了好一会儿，才明白发生了什么事情。

"我的老天！"

我一把推开达夫尼，四肢着地爬到斯瓦托身边。

"发生了什么事情？"睡觉警觉的柯迪醒过来。

我只说了一句："是斯瓦托。"

白色影子眼看着就要完全脱离斯瓦托的身体。我毫不犹豫地向他伸出双手，一股剧烈的冰冻感刺痛了我的掌心。

"你在做什么？"西格丽德问。

"魂魄。"

"在……在哪儿？"柯迪结巴着说。

我明白了：我能看见的东西，他们却看不见。就跟通往地狱的龙头船一样。

"我能清晰地看见斯瓦托的魂魄。"我低声说，"他想逃走。"

之所以低声，是怕吓到那个企图逃走的魂魄。

"我想……试着留住他。"

"你疯了！"西格丽德非常震惊，一把抓住我的肩膀。

"随他去吧。"柯迪说，"就让莫菲尔去做这件没人能做成的事情。"

斯瓦托的魂魄还在烟一般往上飘。我试图抓住他的腿。出乎我意料的是，我竟然真的像抓住了一个实实在在的身体。

"我抓住他了！"我高喊。

"我们什么也看不见！"柯迪遗憾地说，"不能帮你了，比约。"

我好像是抓住了一个用黄油做的物体，那条细瘦的腿很快就会从我指间滑走。

"糟了！"

魂魄一边上升，一边倾向熔岩河的方向。不出一会儿，

英雄比约 ❷

DI YU ZHI MEN

地狱之门

他就会脱离我的掌控。我向那个影子扑去，用全身的重量把他压在地上，就像西格丽德阻止怒气冲天的我去巫蛊龙身旁时所做的那样。

现在，我全身都压在斯瓦托的魂魄上。刺骨的寒冷紧贴着我的皮肤（当时我还光着上半身），令人难以忍受。我克服了寒冷带来的不适，用手臂和双腿紧紧箍住魂魄，使他动弹不得。

对于我的同伴来说，眼前的一幕实在太过奇异。我仿佛是在与空气作战。

"快来拉我！"我大喊，"拉到他身边！"

他俩抓住我的脚，把我拉到斯瓦托身边。然后，在我的命令下，又把我搬到斯瓦托的身上。我开始试图让魂魄回到他原先所在的地方。魂魄发出类似野兔的尖叫声，当然，也只有我才听得到。

突然，他的那份寒冷开始侵蚀我的血液和骨髓。

"提尔锋！快帮帮我！"我大喊。

我那勇敢的宝剑，还没等我喊完，就已经开始行动了。它的刀锋瞬间开始发热，这股宝贵的热量从我的大腿向全身辐射，驱逐了致命的寒冷。

"你不能这么做。没有人能阻止一个魂魄去往黑暗王国。玛玛菲嘉在等我，我们有约在先……"

我听出了斯瓦托的声音。可我不但没有退缩，反而加大了力气。

"长臂斯瓦托！收回属于你的东西！"我命令道，"还没到离开的时候！我需要你！重生吧，这是命令！"

话音刚落，黄油般的魂魄突然被吸走了。一股温热的呼吸吹到我脸上。空气中又有了臭鸡蛋的气味。

紧接着，斯瓦托张开了双眼。

"感谢圣玛利亚！"柯迪跪倒在地上，"感谢耶稣！感谢所有的圣人！"

他犹豫了一会儿，又加上了两位异教的神灵：

"也感谢你们，戈丹和托雷，了不起的战士。感谢成千上万的远古神灵们……有多少就感谢多少！"

斯瓦托笑着看着我们。他的脸色明显改观，散发出前所未有的青春和活力。

"我想……"他开口说。

"什么？"我等着他往下说。

"我以为……"

"说吧！"柯迪温柔地说。

"我想要……"

"你想要什么都可以！"西格丽德向重新回到我们身边的亲爱的朋友靠过去，在他额头上亲了亲。

"我想要抽烟。"斯瓦托说，"等快抽完的时候，就顺便再来一点儿。没错，这就是我想做的事情——先抽一口烟，然后再来一口。光是想想，就觉得未来无限美好。"

柯迪立刻起身，去行李包的最深处找他的烟斗（那是国王送给他的礼物）。斯瓦托继续说道：

"抽一两口烟，这就是我的美好未来。"

稍后，斯瓦托向我们讲述了他在巫蛊龙体内的可怕经历。我们逃出去以后，塞子一刻也不让他停歇。它紧跟在斯瓦托身后，有时还故意推上一把，害他跌倒在地。

"它对我毫无仁慈可言。"我们的半伊霍格瓦朋友回忆说，"逼着我连续走了50个小时，才让我休息了几分钟。紧接着又故技重施，呼啸声像失控的鲸鱼叫声一样尖厉。"

"我可怜的朋友。"我震惊地说。

"我想到过自杀。"斯瓦托抽了两口阿尔国烟草，用平静的声音继续说，"可就连自杀，我都没有时间——要结束自己的生命，总得花点儿时间调整心绪、鼓起勇气吧？"

"要是我，就朝着胸口一刀捅下去，还花什么时间！"柯迪吹嘘。

我狠狠地盯了他一眼。

"不过，说总比做容易。"他急忙改口，垂下眼去。

"我精疲力竭，忘记了日期和时间。"斯瓦托继续说，"喉咙像火烧一样难受，最细微的东西背在身上都成了千斤负担。于是我决定扔掉行李和狼牙棒，只留下披肩和剑。'我完蛋了。'我不停地重复着这四个字：'我完蛋了……我完蛋了……我完蛋了……'"

"然后呢？"西格丽德不耐烦了。

"然后，我发现甜藻越来越多，就连墙上、壁顶都倒挂着。

于是我决定敞开来吃，啥也不管了，就在毒素中醉生梦死吧！我一边奔跑，一边抓来满手的藻叶，多得把我的衣服都浸湿了。我采啊，采啊，还没来得及吃。"

这时，烟斗熄灭了。斯瓦托把烟斗在地上敲了敲，正准备再填点儿烟叶，柯迪一把抢过去：

"我来给你弄。"他说，"乐意效劳！"

"后来呢？"西格丽德问。

"后来，我把所有的甜藻都扔在地上。"斯瓦托说，"因为我改变主意了。我想要奋战到底！我心想：'换了是帕德博，一定不会轻言放弃。我要对得起爷爷。比约也从不会丧失斗志，我要对得起朋友。'"

"我没有你想象的那么坚强。"我笑着反驳。

柯迪将点好的烟斗递给斯瓦托。空气中弥漫着烤栗子的烟香。

"我想，巫蛊龙被愚弄了。"斯瓦托高兴地说，"它以为我吃了不少甜藻，因为它感觉到我像疯了一样采个不停……"

"却没有想到后来全被你当垃圾扔了。"柯迪接过话，"干得漂亮，长臂斯瓦托！"

"我并不是刻意这么做的。"斯瓦托诚恳地纠正，"但从那时起，塞子就放慢了速度。我可以安稳地睡觉了，有时一睡就是十几个钟头。我还是会采甜藻，但只吃很小的量。有一天，我正慢悠悠地走着，心里想着你们，我的好朋友。

突然，我发现两道光线从墙壁上倾斜着射下来，一边一道。我跑起来，想离塞子远一些，可它立刻就呼啸起来。原来它的放松只是假象，其实一直在监视着我。"

"那些光线从哪儿来？"西格丽德问。

"是一些透明的薄膜，比教堂的窗户还高。我抽出剑，将左侧的薄膜划成两半。过了一会儿，我就爬出来了。"

"你是从鱼鳍里逃出来的。"柯迪指着巫蛊龙说。

怪物的身体一侧，确实长了一道雪白的鱼鳍，边缘呈细齿状。

"某些鱼类的鱼鳍后面，有一层细薄的皮肤。"柯迪告诉大家。

"然后呢？"我问斯瓦托。

"巫蛊龙勃然大怒，我拔腿就跑。"

斯瓦托的声音突然变沉重。

"跑到这儿的时候，一个尖锐物突然刺破我的胸腔。我对自己说：'我的心坚持不住了，它受够了。'我把披风叠好，做了一张床，然后躺了上去，失去知觉……当我再次醒来的时候，就看见了朋友的脸——那就是你，比约。"

斯瓦托注视着我。

"说来有趣。"他说，"我真的以为自己死了。"

一阵沉默。斯瓦托等着我们解释。

"你确实是死了。"柯迪告诉他，"是比约留住了你的魂魄。他与你的魂魄斗争了好久，差点儿连自己的命都赔上。"

"比约！"斯瓦托说，"你的友谊永远像谜一样，我不配拥有。你是巨人，我却是侏儒。你有一颗纯净的心，我却曾经企图杀害你。"

我对他笑笑。

"别忘了，我是莫菲尔。我能看见人心的最深处。你知道我在你的内心看到了什么吗？"

"不，我不知道。"

"我看见了清泉，花朵，翩翩起舞的蝴蝶。我看见阳光柔和地洒在幽深的山谷。噢！当然也有狂风，有暴雨。"我闭上双眼，好把画面看得更清晰，"但是现在，一切都是那么平静。恶狼已死，野鹿和幼崽肩并着肩，悄无声息地走着。外面的世界纷纷扰扰，不同物种之间征战不休，可在这儿，在这片山谷里，一切都平静而纯洁，直到永远。"

斯瓦托抓起我的手，紧紧握住。

"谢谢你。你的恩情，我永远都偿还不够。"

第 28 章

突遭不幸

河道变窄，熔浆更为汹涌，河面离地面不足十米。空气比任何时候都更为炙热。我们行走其上的路面在不断变窄，巫蛊龙和熔岩河靠得越来越近。我们只好忍受着高温，以避免被怪物碾压的危险。怪物很少动弹，但有时也会无缘无故地左右摆动身体，也许是做了噩梦，或者只是为了活动筋骨。出于谨慎，柯迪把达琪二世的缰绳缩短了一半。我也为达夫尼做了同样的事。

一天，道路被一棵从天而降的矮树拦住。我们终于见到了长着神奇银叶的树木的真面目。这棵树从上到下都是银色，仿佛来自月亮。

"是棵老树。"斯瓦托判断，"岁数到了，所以掉下来。"

几片皱巴巴的银叶还挂在枯瘦的枝头。达夫尼绕着树木，小狗一样叫着："汪——汪！"然后用牙尖咬下一片银叶。

"瞧，那支奇怪的舞蹈又来了。"柯迪取笑说，"恕我直言，你的达夫尼可谓龙族的笑星啊！"

"我知道你对它评价不高。"我生气地说。

"我的直觉告诉我，它是一条不错的龙。"斯瓦托说，"总有一天，它会令我们刮目相看。"

"它天天都令我刮目相看！"柯迪说，"因为它的滑稽动作还真不少。"

"我们等着瞧吧！"斯瓦托说。

我们说话的时候，达夫尼正忙着用爪子将皱巴巴的树叶抹平，好让它恢复原来的样子。对我来说，达夫尼所表现出来的专注和细致十分难能可贵——它毕竟只是一条 1 岁 6 个月的小龙。

"我在想……"柯迪盯着枯木的树皮，突然说。

他折断一根树枝，将它扔进河里。很快，它就像一叶扁舟，勇敢地攀上熔岩浪尖，顺流而下，消失在我们眼前……不一会儿又冒了出来，然后再次消失。

"如果不是亲眼所见，真不敢相信。"柯迪惊叹地说。"这些银树真是太神奇了，像来自魔幻世界！"

发现银树一周后，也就是 1067 年 1 月 25 日，我们走到了道路的尽头：一面高大的墙壁矗立在我们面前，上面只有一道长宽各一米的入口。

在我们左边，熔岩河涌进一个黑暗的地道，也就是说，我们再也见不到它了；在我们右边，是巫蛊龙的尽头：一条白色的尾巴，散发出虹彩的光芒，轻轻地摇摆着，好像被微风吹动一般。

"我们别待在这里。"我的话把同伴从凝望中唤醒，"巫蛊龙的尾巴随时都会扫过来。"

"没错。"柯迪说。

我们赶着超越巫蛊龙，最后竟变成了一场"看谁先到达墙壁门口"的比赛。

"我赢了！"西格丽德喊道。她比离弦之箭还要快。

"你太厉害了！"斯瓦托气喘吁吁地说。

得益于他的长腿，他跑了个第二。

大家靠着墙壁坐下，一个个都气喘吁吁。从这个方位看去，熔岩河和巫蛊龙几乎是两条无穷尽的平行线，消失在末世之光里。

"巫蛊龙的身长正好达到墙壁跟前。"柯迪用拳头敲敲墙面的岩石，"真神奇，不是吗？"

"不觉得。"斯瓦托说，"生命总是在不断适应着环境。"

"取两条物种相同、大小相同的鱼，"西格丽德解说，"一条放进大盆里，另一条放进小盆……"

"大盆里的鱼会继续长大，而小盆里的鱼却会小得多。"斯瓦托接过我未婚妻的话（她讨厌别人这样）。

"你们说的也许对。"柯迪嘟囔着。

"不是'也许'，是'一定'！"

说着，西格丽德给自己倒了满满一杯果汁。我们掏出剩下的土拨鼠肉。已经十五天了，肉质依然鲜美，只是没有第一天那么烫手，温度刚刚好。我们第一次忘记"节省"这个词，好好地饱餐了一顿。当然，这么做并不理智。可那一天，我们即将开始新的一段旅程，不想亏待了自己。

我递给达夫尼一大块肉。自从可以吃固食以来，它就发明了一系列有趣的小动作：先是花上很长时间，用它幼嫩的小爪尖把肉（或者果肉）切成小块，再把小肉块儿摆成一行，扬扬得意地一块接一块吃掉。大家都觉得它这种吃法很好玩儿。

"它长大了。"西格丽德欣喜地说。

"至少学会做怪样子了。"柯迪嘲笑。

在达夫尼的面前，八小块肉摆成一线。它的眼里闪现出满足的目光。当这顿美餐突然从它眼皮子底下飞走时，它那震惊的表情我永远也忘不了——那些小肉块儿就像一群被吓傻了的小老鼠，被一扫而光。与此同时，一股飓风把我吹到墙上，头发飞扬着，碗也打翻了。

"啊呀！"柯迪抱怨道。

"好大的一阵风！"斯瓦托说。

一秒钟前，他还站在西格丽德身旁。可现在，他却趴在地上，披风（自从摆脱巫蛊龙后，他又重新穿上了）被吹到伊霍格瓦那不长胡子的下巴边。

"发生了什么事情？"柯迪问，头发和胡子乱蓬蓬的。

"是巫蛊龙。"西格丽德说，"它刚摆尾了。"

确实，巫蛊龙那巨大的尾巴仍在抽搐般地扭动着。

西格丽德看上去很不对劲。我正要询问，柯迪一下站了起来。他一只手颤抖着，握着达琪二世的缰绳。他不安地把绳子缩短，却只收回了绳子被啃断的另一端。

柯迪踉踉跄跄地走了两步。

"达琪！"他大喊，"达琪！"

斯瓦托和我也四下寻找。

"达琪二世！"我喊起来。

西格丽德一直低垂着双眼。

"你看到它了吗？"我焦急地问她。

西格丽德不回答。柯迪转向她，一把抓起她的肩膀。

"你看到什么了？"他的声音很陌生。

西格丽德还是不作声。过一会儿，柯迪耷了耷肩膀，放开她。

"她什么也没看到。"他松了一口气，"达琪二世！噢，我的小宝贝！"

"红头发柯迪！"西格丽德呼喊着，站起身。

柯迪猛地站定，随即转身走向西格丽德。我们全等着她开口。

"它被尾巴击中，扫到那里去了。"西格丽德指向河面，"掉进……熔岩里。"

"骗子！"柯迪怒吼，"卑鄙的小骗子！"

我以为西格丽德会生气。连我都觉得被柯迪的话侮辱了，差一点儿就要暴跳如雷。

"我宁愿是个骗子。"西格丽德难过地说。

她走到柯迪跟前，无比温柔地拉起他的手。柯迪站得直挺挺的，目光如炬。

"骗子。"他又吼道。

西格丽德直视他的双眼。他转过脸去，继续搜寻山羊的身影。

"达琪二世！"他大喊。

不过，这喊声已经变了调，化作一声哀嚎。西格丽德做了一个出人意料的举动：她把柯迪拥入怀里，而我们的大朋友没有挣扎。

他哭泣着，语速突然加快：

"我当着你母亲的面跟你说过，她可以作证。我说，要不在腰上捆根绳子，要么你就别出海。我把你捆在桅杆上，不然你就别想去打渔。没有商量的余地。你同意了。你答应了我的。"

"他在跟谁说话？"我低声问斯瓦托。

"他的儿子，勇。"

"淹死的那个？"

"对。"

"可你没有信守诺言。"柯迪继续说，"你没有！我出于信任，把短刀送给你，你却用它割断了绳索。父亲总是太信赖儿子。多傻、多天真啊！我以为你已经长大成人，你却只是一个没有脑子的小孩儿，不知天高地厚……我的孩子！我的心肝哪！"

突然，柯迪不说话了。他的眼泪一下子止住，他开始模仿一些陌生人的声音，有男有女：

"'红头发柯迪把他的孩子带进一场海上风暴，让他在甲板上乱跑，没有任何监护。''没错，那小孩儿刚满10岁。这简直就是疯了！''听说，他从没真心爱过那个孩子，嫌他太瘦弱了。''红头发的人都没心没肺！'"

"他吓到我了。"我在斯瓦托耳边轻声说，"但愿他没有发疯。"

"不会的。"斯瓦托安慰我，"只不过是因为达琪二世的失踪，令他想起了痛苦的往事而已。"

西格丽德伸出手，擦去柯迪脸上的泪水。

"这不是你的错。"她轻声说，"不是你的错。"

她牵着他走到墙边，强迫他坐下。当她想转身离开，来找我们说话时，柯迪拉住了她。

"留下来。"他恳求道。

她坐在他身边。很长一段时间，两个人都一语不发。几个月来一直不停斗嘴的两个人，此刻像父女一样手牵着手，那画面既让人感到难以置信，又如此美丽动人。

"我想看看在哪里。"柯迪突然说。

西格丽德立刻明白了他的意思，把他牵到河边，就在达琪二世掉下去的地方。当然，除了奔涌的波涛，那里什么也没有留下。

"其实我早就预料到了。"柯迪后悔地说，"我分明看出了它想啃断绳子。它有这个念头已经好几天。"他转向我和斯瓦托，补充说。

"这不是你的错。"我说。

"一不小心，铸成大错。"柯迪苦涩地说。

说完，他又陷入沉思中，完全忘了我们的存在。

柯迪呆呆地摇着头，像一个衰弱的老人。我和斯瓦托交换了一个忧虑的眼神。突然，一个只有柯迪才能听见的响动，引起了他的注意。

"他们来了……"他宣布，"正向这儿走来。有一大队人马。"

我想，柯迪真的疯了。

狭路相逢

柯迪没有疯。河的另一侧，确实有一队人马——大约二十来人，明灯亮火地朝我们走来。几乎每个人都举着巨大的火把，乍一看，以为他们把太阳都扛来了。

走在最前的是十五个我们的同胞、斐兹国民，着装华美。他们一定是走了与我们不同的路，才会保持如此完美的状态。

紧随其后的人却毛发蓬松，背着沉重的行李。

"是沃拉热人。"西格丽德厌恶地说，"维京人跟这些无法无天的蛮夷搅在一起干吗？"

"奇怪。"斯瓦托说。

我的注意力并不在沃拉热身上，因为我刚刚认出一个人。这人高大健壮，身着镶着金边的白袍，脚踏珍珠装饰的皮鞋。他那宝石般完美的脸庞，比我记忆中的更显英俊。

这个人，就是达尔王子。

"莫菲尔比约！"他用故作优美的声音说。

见到我，他仿佛一点儿都不吃惊。

"你脸色不太好啊!"他打趣说。

为了盖过河流的响声,他几乎是在喊。

"莫菲尔一定在想:'怎么可能是达尔王子?他来做什么?'"

达尔王子怪腔怪调地说完,整队人马一阵哄笑。我们再次听到沃拉热那龌龊的干笑。他们不见得弄懂了同伴发笑的原因,却也跟着掺和。

"你好,柯迪。"达尔王子又说,"你的随员不错嘛,有小姑娘,有半伊霍格瓦人……你怎么不再带个孕妇,还有

臭烘烘的托尔人呢？真搞笑！"

　　"你这么盛装打扮的来，有何贵干？"柯迪阴沉着脸说。

　　"你说什么？我听不见。"

　　"你来干吗？"柯迪吼道。

　　"什么？你猜不出来吗？跟你们一样，我也是来找斯望的呀！我亲爱的哥哥，唉，命运不公啊，害我们手足分离。啊！斯望！我亲爱的斯望！"达尔双手合握，继续说，"我心中纵有千般怜爱，也欲诉无门啊！现在好了，我马上就会有一个可以让我心疼、宠爱、拥抱的哥哥了……"

第29章　狭路相逢

话音刚落，一个容颜娇美，背着弓箭的年轻女子笑出声来。

"你找哥哥做什么？"我问。

"我刚刚不是说了吗？我要拥抱他。难道你耳聋了？"

达尔揽过那个美貌的女子，双手深情地绕上她的脖子，然后缩紧、再缩紧……

"那个女人是谁？"我问柯迪。

"朵蒂。达尔王子的女友。"

"我一点儿也不喜欢这个女孩儿。"西格丽德说。

朵蒂装出挣扎的样子，最后瘫倒，悲惨地喘息："啊！我死了！"

王子的队伍又是一阵哄笑。

"对不起！"达尔王子假装痛苦地说，"我……我不是故意的……我太爱你了，亲爱的斯望！"

"再明显不过。"柯迪在我耳边说。

"怎么！"达尔望向我脚边的达夫尼，"你把龙宝宝也带来了？真不错！容我过问一句：它现在多大啦？还没2岁吧？它身材这么矮小，像个病秧子，这正常吗？我知道它是一条碧袍家龙，不过也太……"

"达夫尼是一条五爪战龙！"西格丽德申明。

"当然是，小姐。"达尔王子嘲讽道，根本不看西格丽德（众所周知，达尔王子从来不拿正眼瞧人）。"请原谅我的错误判断。毕竟我对龙了解不多。"

听到这话，王子的队伍爆发出一阵更大的笑声。因为大家都知道，达尔是出了名的驯龙士。

"不过，就算我知之甚少，我还是担心你的宝宝吃饱没。比约，你可能知道，我自己就有一条奇妙战龙，总是给它吃丰富的食物：尤普达拉的蘑菇，浓奶酪，鱼，肉——尤其是红肉。这可能并不是世界上最好的食谱，因为我不过是个业余爱好者。但是，成效还是不错的。不信的话，你看看。"

王子的人马让出一条道来，一只浑身雪白的龙走出来，跟马驹一般大小。它的鼻孔喷出轻烟，预示着身体已经开始产火了。它的龙爪修长，头冠也已长齐。

"无敌，跟比约打声招呼。"达尔命令道。

那条龙眯着火红的眼睛，优雅地偏了偏头。

达夫尼发出抱怨的叫声，跑到我脚后躲起来。

"瞧它的气度！"朵蒂讥笑道，"我敢说，未来它在战场上的表现一定很优异。"

"哈哈哈！"他们的人马大笑。

"哇哇哇！"沃拉热也跟着附和。

我向前迈出一步，站到河岸。

"你的父王派我们下到地狱。"我说，"王子陛下，我建议你不要干扰我们执行任务。"

"阿哈德疯了！"朵蒂大喊，"王位是属于达尔的！"

"达尔！达尔！达尔！……"随行队伍齐喊。

"只有国王才有权决定王国的未来。"柯迪打断他们的话。

"柯迪！"王子说，"我们曾经是朋友，你还记得吗？我们一起狩猎，一起夜行，一起打仗！我们就像兄弟一样，你还记得吗？"

达尔的声音中饱含情感。这当然是他在演戏。不过，有那么一刻，我又不觉得全是。

柯迪默不作声。西格丽德接话了：

"你不配掌权。一个怪物是不懂得治理国家的！"

"闭嘴，小傻瓜！"朵蒂举起弓箭。

达尔王子立刻阻拦她进一步动作。

"你真不走运啊，柯迪。"

说完，达尔拿出一卷羊皮纸，舒展开来。

"我这儿有莫菲尔斯诺李的地图，指明了通往地狱之路，是在河流的这一边。我的朋友，你走错路了。胜负已见分晓。放弃吧。"

"他怎么会有这幅地图的？"我低声问柯迪。

"说不定是在市场上买的？谁知道呢！斯诺李死后，他的物品就被四处分散，王国到处都有卖。"

"放弃吧，柯迪。"达尔恶狠狠地重复。

"绝不！"

达尔飞快向柯迪瞥了一眼，目光充满憎恶。

"随你。"他说，"不过你会后悔的。总有一天，我发誓！我的利剑会穿破你的大肚子，把你的肠胃搅得一团糟！你会哀求我结束你的痛苦，而我只会大笑！"

王子的表情变得僵硬，原本英俊的脸此刻丑陋无比。

"等你在地狱里受够了，我就割了你的喉咙，送你去和儿子团圆。可怜的勇，他太过羸弱，你以他为耻，才会像淹死一只没用的小猫一样淹死他。"

"狼心狗肺的混蛋！"西格丽德骂道。

她朝地上啐了一口，表示厌恶。我担忧地看向柯迪。出乎我意料的是，他居然保持了冷静。当达尔提到他儿子的名字时，他连抖都没抖。

"我曾经很喜欢你。"柯迪直视达尔王子，回忆说，"后来又很怕你。可现在，我对你只有怜悯。"

王子的脸一下白了。

"我一定会杀了你。"他发誓。

说完，他重新上路了。

"我想，从今以后，咱俩中间，他更加恨你。"

柯迪摇摇头。

"你错了。他永远也不会忘记，你是怎样让他在父王和整个皇室骑兵团面前颜面扫地的。"

"在比约与达尔王子对决之后，"西格丽德告诉斯瓦托，"国王宣布，比约给王子'上了一堂剑术课'。"

"大家都知道这句话。"斯瓦托笑着说。

"一有机会，他就会杀了你。"柯迪确定地说，"或者派人这么做。"

王子和他的人马走进一条宽敞的地道，其走向与熔岩河的流向应该是一致的。只留下我们还失望地站在原地。

"他们的路一定是对的。"柯迪叹了口气。

"没错。"西格丽德附和,"我们真不走运。"

我蹲下身来,抚摸达夫尼。它还在发抖。

"斯诺李只是指明了自己所走的路。"我分析,"至于我们所走的路是否正确,他无从得知。西格丽德,你自己不是说吗:可能两条路都通往地狱。"

柯迪正要说话,河岸另一头的地道里突然闪出一个身影。

"是朵蒂!"斯瓦托大喊。

话音未落,一支箭已经朝我飞过来。我还来不及动作,它已经射到我身上。要不是提尔锋"嚯"的一声怒吼,及时飞出剑鞘护主,我恐怕早死了。

箭头在提尔锋的金属护手上折成两段。一秒钟后,朵蒂的肩膀上也吃了一箭。那是我未婚妻送给她的礼物。

"干得漂亮,西格丽德!"柯迪说。

朵蒂发出一声可怕的吼叫,听上去十分奇怪。

"这算哪门子叫声?"斯瓦托好奇地问。

"女狼人的叫声。"柯迪回答。

我看着他。

"没错,小伙子。"他叹了一口气。这时,两个沃拉热人跑去,扶着朵蒂躲开了。"你刚见到的围在王子身边的人,全都是狼人。据我所知,朵蒂是个女狼人,也是迄今为止唯一的一个。"

"难怪他们要点那么多火把。"西格丽德说。

柯迪看着她笑了。

"丫头，你刚刚给自己树了个麻烦的敌人。"

就在昨天，"丫头"这个词还会激起西格丽德的怒火。可现在，这个词从柯迪口中说出时，却充满了温情，不同以往。

"这个朵蒂，我可不怕她。"西格丽德说，"我要与她战……"

"你错了。"柯迪严肃地打断了她的话，"此人阴毒无比。在达尔王子的命令下，她杀了无数女人和小孩。"

接着，他转向我：

"你看，比约，我说得对吧。朵蒂瞄准的人不是我，而是你。王子对你恨之入骨，你永远是他的眼中钉。一个月，一年，或是十年后，你俩之间必有一人杀死对方。这是唯一可能的结局。"

斯瓦托站在河岸沉思。

"我想带根绳子，飞到对岸去。再把绳子扔给你们，拉你们过河。"

"行不通。"柯迪肯定地说，"河面的高度不够，等下不但烧了你的腿，还烤了你的'扑通'。"

"我还是想试试。"斯瓦托固执地说。

"不行。"我说，"连想都别想。"

"那我们往回走，到河面低矮的地方去。只要有二十米的高度，我就游刃有余了。"

"那得走上十五天。"柯迪判断。

"就算过了河，也还得再花十五天走回来。"我提醒大家，"这样一来，相当于是给了达尔王子一个月的优先期。"

"绝对不行！"西格丽德喊道。

"谁又能确信，走这条路不是浪费时间呢？"斯瓦托指着墙上的小门洞抱怨道，"谁敢保证，这条路一定会通往目的地呢？"

他的说法不是没有道理。可那一天，莫菲尔的直觉分明在对我说："没错，比约，就是这条路。不要犹豫，你很快就能到达玛玛菲嘉的王国。"

"我们就走这条路。"我宣布，"马上出发！"

"我相信你。"斯瓦托笑着说，"出发吧，朋友们！"

但柯迪制止了我们。

"我想请你们再等一个钟头。我有很重要的事情要做。"

第 30 章

爷爷的幽灵

"现在几点了？"

"11 点差一刻。"斯瓦托回答。

"很好。"柯迪说着，动手拆手臂上的绷带。

"你干吗？"我问。

"别担心。"

支撑着柯迪受伤手臂的那八支箭（斯瓦托的杰作），全落到了他的脚边。他伸长手臂，动了动肘关节，手掌一张一合。

"太好了。"他说，"终于痊愈了。感谢斯瓦托大师。"

"不客气。"斯瓦托笑着说，"要谢谢你来我这儿就医。"

"我的骨头早就长好了。这我心里最清楚不过。你摸摸看！"

靠近墙壁的地方，横卧着一棵没有树叶的银树。应该死了很久。柯迪跑过去，拿剑砍下一段树干。

柯迪先是把这段树干上的枝丫都拔掉，只留下其中四根。然后，他掏出短刀，开始刻画。达夫尼坐在他身边观望，歪着头，就像达琪二世好奇时那样。

柯迪手脚很快。汗珠顺着他光着的背脊往下流。斯瓦托点起烟斗，靠着墙壁坐下。我也走过去，坐在斯瓦托身边，眼睛却停在柯迪身上。

"你在做什么？"西格丽德问他。

"你很快就会知道的，小美女。"

木屑在雕刻者的周围纷飞。有的黏在他的皮肤和头发上。

"达尔是怎么知道斯望的存在的？"我大声问，"除了国王和我们，没人知道啊。"

"这个问题，我想过了。"柯迪一边干活儿一边说。

"你是怎么认为的？"

"我思前想后，觉得叛徒只可能是于吉尼。"

"国王养的那只鸟？"斯瓦托吃惊地问。

"没错。"

于吉尼是一只乌鸦，在国王身边生活了多年。它会说话，智商堪与人类相比。宫廷里的人都不喜欢它，因为它多嘴多舌，最爱挖苦人，就连国王都敢取笑。不过国王对此并不介意。

"国王交代我们任务的那一天，于吉尼好像并不在场啊！"我回忆道。

"我也没看见它。它可能是藏起来了。"柯迪说，"只有这种可能。"

他把雕像放在面前。像是一只动物，四根树枝代表四条腿。

"达琪二世！"西格丽德认出来。

"还没完工。"柯迪擦擦额头，说道。

他先开始刻画蹄子。这只花了一小会儿工夫；接着是刻画眼睛和嘴巴，修饰隆起的额头，削尖细瘦的脖子……整个花了十多分钟。最后，他在头部钻了两个小洞，插上两截树枝，作为羊角。

"好了。"柯迪宣布，"就这样吧。羊奶子和胡子就算了。最基本的样子有了就行。"

柯迪走到墙边，在我们坐着的地方不远，开始挖洞。我要起身帮他，被他制止了。他想要独自完成任务。

洞挖好了。他铺了一层青草，放了一个劈成两瓣的坚果。然后，他拿过小雕像，动情地将它安放在洞里。他深深地叹了一口气。

"在我的家乡，当找不到死者的尸体时，人们就会用一个木头人来代替。"柯迪解释说，"这是当地的习俗。勇的木像就是我刻的，因为我不想要任何人代劳。"

西格丽德轻轻地站到柯迪身旁。

"我整整雕刻了三天三夜，不吃不眠，连水也不怎么喝。"柯迪继续说，"后来，我发起了高烧，双手和眼睛都是滚烫的。等我刻完了，全村的人都说我的雕像跟活人一样。他们大喊：'是勇！他回来了！'甚至有妇人惊呼：'鬼啊！'于是，我放弃了给雕像上色的想法，怕吓到更多人。至今我还在为此后悔。"

柯迪开始填洞。木头羊很快就在泥土的掩盖下消失了。在这个隆起的小土丘上，西格丽德铺了一层漂亮的小白石。柯迪则在墙壁上刻下几个字：

达琪二世

（或许）生于 1063 年

卒于 1067 年 1 月 25 日

它是最杰出的山羊

"几点了？"

"12 点差一刻。"斯瓦托说。

"很好。现在，我们可以出发了。"

柯迪第一个迈入狭窄的地道。有的地方太过逼仄，柯迪拖着他的大屁股，很难通过。这时，我和西格丽德就在后面推他一把，每次大家都是一阵狂笑。还有一次，我们不得不用短刀削砍岩块，好让空间变得大一些。我笨手笨脚的，差点儿把刀锋刺进柯迪肥嘟嘟的肉里。

"歹徒！"柯迪吼道。

两天后，地道变开阔，墙面上也出现了一层茂密的植被。可我们的行进速度并未因此而变快：因为地面上布满藤条。柯迪负责消除这些"地障"，骂咧咧地一路砍过去。

很快，地道里充满了一股刺鼻的气息，回荡着尖厉的喊叫。我们每人都举起手臂，好照亮更远的地方。我们看到十来个身影，从一面墙飞到另一面墙上，把树叶震得沙沙响。

"一定是鸟。"柯迪说。

西格丽德赶到最前面，备好弓箭，一下就命中目标。她带回一只看起来像鹧鸪的鸟儿，只是羽毛是黑色的。

"它有两对翅膀。"西格丽德发现，"又是一个怪物。"

柯迪很快就除了毛。

"它的皮肤非常、非常烫！"

有几次，他被烫得不得不脱手，将鸟儿抛向空中。

"活烤鸟肉。"斯瓦托明白过来。

西格丽德高兴得直拍手。

"太走运了！"

我们把鸟肉分吃了。这是我吃过的最美味肉类。与它相比，连之前的土拨鼠肉都显得逊色了。

过一会儿，其他的飞鸟都消失了。地道里又恢复了平静。但我只是在叶丛中翻翻，很快就又发现一只。它并不逃跑，任由我抓了过去，被扭断脖子时，连吭都不吭一声。

我们在地道里走了六天，忍受着刺鼻的气息，不时滑倒在鸟粪里，脚下的藤条也不断给我们添麻烦。可是，我们依然很高兴。看来，"肚子饱才能心情好"，这句话是真的。

"我不知道自己怎么了，老想笑。"一个早晨，柯迪吃完早餐说。"可又不是，我更想哭。不对不对：我既想笑，又想哭。真奇怪！可我明明觉得自己好好的呀！不管是体力上还是精神上，都出奇地好。我的孩子们，你们呢？"

"我的状态极佳！"西格丽德说。

"我也是。"斯瓦托给出肯定的回答。

"你呢，我的比约？"柯迪问我。

"我也状态不错。"我说，"尽管我免不了想到斯望王子，以及他所面临的威胁。"

"你的担忧不无道理，不愧是莫菲尔。来，我们加快速度吧。"

他的话音刚落，我就抢到他前面，走在第一个。

"真是精力充沛啊！"柯迪笑着说，"你可以把过剩的精力发泄在这些藤条上。它们比龙头船的绞绳还结实。"

我接过清理藤条的任务。提尔锋毫不费力就将藤条砍断，这感觉真好。

"你的宝剑真让人受不了。"柯迪开玩笑说，"它太优秀了！"

第二天，我们来到一个圆形的地室。墙壁上挖有横向壁龛，和两年前我和西格丽德曾睡过的那间古托尔人房间相似。对面，一扇穹形的大门敞着，门后一片昏暗。门上，有一行血红的字母：

"H……E……L……"我一个个辨认。

西格丽德认得比我快：

"Helimm！"她骄傲地宣读。

"是什么？"柯迪问。

"是古语。"

"这我知道，小姐。它是什么意思？"

"不知道。"

"你知道吗，比约？"

"一无所知。"

"斯瓦托呢？"

"'Helimm'是'地狱'的意思。"

这下柯迪揪住不放了。

"连个半伊霍格瓦人都比你们熟悉古维京语！"他看着我和西格丽德，生气地说，"你们应该感到羞耻！斐兹国的年轻人应该感到羞耻！真是不应该啊！"

斯瓦托笑了。他沿着一个壁龛坐下，点燃了烟斗，一缕暗烟蛇一样向空中延升。

"你们知道吗？我们在地下已经六个月了。"他说。

我们当然知道。只是此刻，很难相信这一点是真的。

"我好像刚刚离开科依不久。"我说，"我还记得贝诺克站在门槛上，和小伊罗一起……仿佛就是昨天的事情。"

"我却恰好相反。"西格丽德说，"我觉得离开科依有一个世纪那么久了。"

"我也是。"

"重要的是，我们终于安全无恙地走到了这里，来到地狱的门前。"我庆幸地说，"我们应该为自己感到开心和骄傲！"

"年轻人，你没有什么好开心的，更谈不上骄傲。"

这个说话的陌生人是谁？我猛地转过身去。

在一块圆石上，坐着一个白色的身影。肩膀宽大，发亮

英雄比约

② 地狱之门

DI YU ZHI MEN

的胡须一直垂到地面，没有瞳孔的黑色双眼令我周身的血液都冻结了。

"是个幽灵。"我心想。

陌生人继续说道：

"你和朋友们所走过的路，根本不算什么，简直就是闲庭信步，我一点儿也不开玩笑。"

"你是谁？"我问。

"我是一个和你很亲近的人。"

"你在和谁说话？"西格丽德问我。

"跟他。"我指向幽灵的方向。

"那儿没有人啊。"

"比约，你看见谁了？"柯迪问，"跟我们讲讲。"

"是个长着胡子的人。浑身雪白，有点儿透明。"

"他在跟你说话吗？"

"我当然是在说话。"幽灵抗议道，"我不能吃，不能喝，不能睡。可说话我还是行的！"

"对，他在跟我说话。"我肯定地说。

我大胆向幽灵跨近一步。

"你说你是和我很亲近的人？"我问。

"看着我，好好看看，小伙子。"

他长着高挺的鼻梁，突出的颧骨；他的声音相当耳熟，威严的身材也像在哪里见过。

"爸爸……"我惊骇地说。

"是你爸爸吗？"西格丽德也大吃一惊。

"不是，不是。"幽灵笑着否定，"埃里克还好好地活在地面上呢。但如果没有我，他根本就不会存在。怎么，你还猜不着吗？"

"希奥古爷爷！"我喊道。

"猜对了！"

"是我爷爷。"我跟队友说。

可想而知，这个发现太令我兴奋了！

"可是……他怎么能……"

"我们这些亡灵，都有一种预感。怎么说呢……超自然的预感。早几个月前，我就感觉到你来到地下了。我感到你在不断靠近、靠近……于是我就从地底出来迎接你，我亲爱的居纳。"

"他说什么？"西格丽德问我。

"他把我当成居纳了。"

我转向爷爷。

"我是比约。"

"原来是真的。"希奥古站起来，"我遇见了好几个刚下来的亡灵。他们告诉我，我的一个子孙成为了莫菲尔，打败了达尔王子，战胜了雪怪。他们说的是'莫菲尔比约'。我以为他们弄错了，因为有时消息到达地狱时，已经被误传。我想，应该是居纳，而非比约。"

他停下来，看着我。

"我过世的时候，你才5岁。"他接着回忆说，"请不要生气，不过当时的你看起来就像一只瘦弱的淡水虾。我可没指望你能变成现在的样子。比约，莫菲尔比约！"

"他说什么？"西格丽德问。

"等等。稍后再告诉你们。"

"你的气度很不错，孩子。还有你的目光，是那么诚恳。我很喜欢。这是你哥哥身上唯一缺乏的东西。居纳现在怎么样？怎么没有跟你同来？"

"我出发的时候没有告诉他。我不想他受伤害。"

"可你却带上了一个女孩儿。"希奥古用责怪的语气说。

"西格丽德没有给我选择的余地。"我又补充说，"她是我的未婚妻。"

"她很漂亮。请代我向她问好。"

"我爷爷向你问好。"我对西格丽德说。

"也请向他问好。"西格丽德朝幽灵所在的方向看去。

"你的父亲母亲呢？他们好不好？你母亲是个了不起的女性，就是脾气犟得像头驴。我以前经常跟她吵架，不过心里一直很尊重她。唉，她其实是做女王的料。"

"现在他说什么？"西格丽德想要知道。

"他在询问家人的近况。"

"赶紧告诉他，好说别的事。"柯迪笑着说。

我把全家人的经历都跟爷爷说了一遍，包括我们的仆人：渔夫阿里，半托尔人笛奇……而希奥古则告诉我厨娘玛佳的消息。玛佳是在我们被大雪围困的那段可怕日子里过世的。

"我在死亡国度里遇见过她两三次。她变得温柔而善良，跟以前很不一样。不幸的是，她完全疯了，不停地唱歌、跳舞，把自己当成蝴蝶或者山泉。这个玛佳……还是说说你吧。"希奥古的声音变得严肃，"你追随斯诺李的脚步，国王派你来偷玛玛菲嘉的金子。不过你最好马上明白：你什么都得不到。"

"问问他，是否可以给我们带路？"柯迪等不及了，"旅途是不是还很长？还有……"

"等等。一件一件事情来。"

我再次转向希奥古。

"我不是来找金子的。"

我向他解释了此行的目的。他静静地听着，眼睛一眨不眨地注视着我。

"这是一项崇高的任务。"他等到我把话说完，"达尔是场灾难，我同意你的看法。可是斯望……斯望是玛玛菲嘉的心头肉，是她最珍贵的宝贝。她是绝不会让他离开的！"

"我们一定要带走他。"

"你真是无所畏惧。玛玛菲嘉是地狱女王，她掌控着地狱之火。而你呢，带着一个小姑娘，一个半伊霍格瓦人，还有一条幼龙。唯一能帮上忙的真正的战士，只有一名。"希奥古指着柯迪，指责我，"你疯了，我的孩子！"

"他到底说了些什么？"西格丽德不耐烦了。

"他说我们的行动很疯狂。"我回答。

"这我们已经知道了。"柯迪嘟囔。

希奥古打量着两步开外的达夫尼。

"这是国王送给你的,对吧?"

"对。"

"它叫什么名字?"

"达夫尼。"

"你好,达夫尼。"

我的小龙抬起头来,摇摇尾巴。

"它好像能看见我,也能听见我的话。是的,没错!龙真是奇妙的动物。"

希奥古走近斯瓦托,深深地吸了一口气。

"闻不到,我什么都闻不到。"他叹了一口气说,"他在抽烟。在我看来,香烟真是个好东西,跟战争、节日和爱情一样。可现在,我失去了味觉和嗅觉,我的双手抓不住东西。不然我一定要好好抱抱你,我的孙儿。可惜我做不到。"

"怎么样?你们还在说达夫尼?给我们讲讲吧,比约。真是受不了了。"

西格丽德焦躁地跺着脚,一副就要生气的样子。

"他到底愿不愿意带路?"柯迪也很火大。

"告诉你的朋友,我不会带你们去任何地方。因为我不想眼看着自己的孙儿去送死。不过你可以跟同伴解释,地狱一共分为六层,对于活人来说,每一层都不可逾越……你过来。"说着,他走向那个穹门。

站在门口，一股臭烘烘的气流扑面而来，就像巫蛊龙的呼吸，但更加令人难以忍受。

"这股气息，你知道从何而来吗？"希奥古用颤抖的声音问，"不，你不知道！在玛玛菲嘉的王国里，生活着成千上万的邪恶生物。这就是他们的气息！"

"你说的是恶鬼。"我说。

"恶鬼，以及其他不吃不喝的恶魔。他们把时间全花在残暴而邪恶的争斗上，彼此厮打杀戮。至于冒险，每隔四五十年，就会有一个活人胆敢踏入他们的地盘。于是，这些恶魔就一路追随他，嘲笑着，早就给这个大活人想好了各种各样的死法。"

"斯诺李成功地在地狱走了一圈。"我不无畏缩地反驳。

"斯诺李是至今为止最伟大的维京人！而且他运气极佳！"

"可是……"

"放弃吧，我求你了。"他又马上补充说，"如果要我跪下来你才肯答应的话，我立刻这样做。"

说完，希奥古已经跪在我脚边，就像十字架前的基督徒。

"比约，别去！这是爷爷的恳求！"

此刻我的脑中一片空白，不知该怎么办才好。我觉得自己快要窒息了。

"放弃……"

"你在嘀咕什么？"柯迪问。

"我爷爷恳求我放弃这次行动。"

第 31 章

冲破地狱之门

我承认，有那么一刻，希奥古的话撼动了我。不过，我很快就坚定立场。在同伴的要求下，我请爷爷在地狱里为我们带路。他不容分说地拒绝了我。怕我们再坚持，他很快说了再见。

消失之前，他最后一次转过身来：

"好好地在这里休息一下吧。"他指着墙上的壁龛说，"它们的作用就在于此。我的意思是：让像你们这样昏了头的人，在跨入另一个世界前，躺下来，仔细想想。好，永别了！"

"爷爷！"我喊道，"别走！"

没等走到穹门，他就像雾一样消失了。

地室里只剩下我们几个。地狱之门在我们面前黑洞洞地敞开着，里面臭气熏天。

我向同伴们一字不落地重复了希奥古的话。他们阴沉着脸，静静地听着。

"我还以为地狱只有五层。"等我说完了，柯迪嘀咕着。

"我也是。"斯瓦托说，"帕德博一直是这么告诉我的。"

"多一层少一层，区别不大。"西格丽德认为。

"这我可不敢苟同，我的小姑娘。"柯迪叹了口气。

他倒在几分钟前希奥古坐的那块石头上。

"如果地狱之旅是这么……这么难以达成，那达尔就算有斯诺李的地图，也不见得会成功。"西格丽德说，"他和他的人马都会被魔鬼撕成碎片。"

"你想说什么？"柯迪问。

"我想说：只要达尔死了，他就不可能登上王位……"

我们不作声，等西格丽德说完。

"这样的话，就算我们的任务失败了，斐兹国还是会得救。"

"别说'失败'。"柯迪嘀咕了一句，底气不是很足。

斯瓦托把烟杆在墙上敲干净。

"达尔王子本身就是一个恶魔。"他说，"也许……也许他在地狱里反而如鱼得水。魔鬼之间应该更容易相处吧？"

他的话给我留下很深的印象，至今我还记得。只是当时的我，并不知道这句话的先兆性。

"我听到了一些声音。是乱糟糟的喧哗声。"柯迪看着地狱之门说，"嗡嗡嗡！"

他用力摇摇头，想把这种难受的感觉驱逐出去。

"我们要坚强一点儿！"他突然用更为坚定的声音说道。

他站起来，握住我和西格丽德的手，并朝斯瓦托使了个眼色，把他也叫过来。

大家围成一个圈。达夫尼好奇地看着我们，在周围转来转去，发出小狗嫉妒时的叫声。

"我们四人团结一心，坚不可摧！"

"柯迪说得对。"斯瓦托赞同地说，"我们一定能战胜魔鬼！"

"对！"西格丽德也说。

她握紧我的手。

"阿哈德！噢！阿哈德！"

我们四个，齐声把斐兹国民的战斗口号喊了十遍、二十遍。

"阿哈德！噢！阿哈德！"

这才心满意足、信心百倍地分开。

"现在几点了？"柯迪问。

"还差二十分钟就是零点了。"斯瓦托回答。

"我们睡吧。"柯迪建议，"今晚好好睡一觉，明天就……"

"明天就去地狱！"西格丽德喊道，好像这令她无比期待。

斯瓦托和柯迪各自爬到一个壁龛里。我则和西格丽德睡同一个。我的未婚妻盖住银棒，贴到我身边。

黑暗中，我们能听到门的另一边传来令人焦虑的嘶鸣声。达夫尼在我们脚边动来动去，最后蜷成一团，睡着了。

"你爱我吗？"西格丽德轻声问我。

"爱得发狂。"

她草莓味儿的呼吸吹在我脸上。

"你会永远爱我吗？永远？"

"我会。"

"如果我变了呢？如果我不再是现在的样子，你还会爱我吗？"

尽管她问得很认真，我还是低声笑了。

"那要看。如果你变得更理智、更聪明，对我更温柔，我就会继续爱你。"

"哼！"西格丽德生气地说。

"但如果你开始长胡子，变得邋遢、粗俗，那我就把你还给你那勇敢的父母。"

"坏蛋！"她边说边在我脸上留下亲吻。

就在这时，达夫尼笨拙地挤到我们中间，像即将入睡的小狗一样，转来转去。西格丽德没等它那粗糙的小屁股坐定，就一把推开它。

"走开，你这个善妒的小东西。"她接着问我："你呢？不问我爱不爱你？"

"你爱我吗？"

"一点点。"

她笑着，又亲了亲我，然后睡着了。在这紧要关头，她的大无畏精神加深了我对她的敬佩。我不禁自问，她和我，谁更称得上是英雄。

我独自一人，陷入深深的不安。我听见柯迪和斯瓦托也在壁龛里辗转反侧，我有几次想跟他们说话，但都没开口。

"他们可能已经睡着了。"我心想。

我直挺挺地躺着，浑身是汗，一刻也不能入眠。一种难受的感觉重重地向我压来。

所有的意志都离我而去。我变得像童年时那样软弱而无助。那时我还不是莫菲尔。

"妈妈！"我呼喊着。

我为自己的懦弱感到羞愧。我在身边摸索着，想找到提尔锋。

"它会重新给我勇气。"我想。

可是，提尔锋并没有满足我。它的剑柄比任何时候都冰冷。于是，一股恐惧感真正向我袭来。我抓住一根银棒，跳下壁龛。

柯迪蜷在睡袋里，眼睛睁得大大的。他用一种奇怪的表情看着我，像一只陷入绝境的狐狸。

"斯瓦托！"我喊道。

"嗯？"

"几点了？"

他迟疑着。

"现在是晚上。"他终于开口，"是……3 点钟。"

我分明感到他在说谎。实际的时间比这个要晚。我看向柯迪：他应该与我有同样的感觉，但却移开目光。

"一定有什么不对劲。"我心想，"我们正在不自主地放弃行动。"

"起来！"我大声喊叫，"现在就给我起来！"

看到同伴们都待着不动，我采取了更激烈的方式，一把抓起斯瓦托的衣服，把他从壁龛扔到地上。对柯迪也是一样。他们都没有反抗，像两个稻草人。

我继续喊着、摇晃他们的身体。我记得好像还动手打了他们。终于，他们清醒过来，摆脱了这场邪恶的倦怠感。

"拿好行李！"我一把抓起自己的行李，命令道，"立刻出发！"

达夫尼跳进我怀里。西格丽德却仍在我的叫喊中沉睡。我摇了她很久，她都没有醒过来。

"这孩子，睡得可真沉啊！"柯迪温柔地说。

他把西格丽德扛到肩膀上，向门口走去。他本会是第一个踏入地狱的人，可我一把拦住他：

"让我先走。"

下集预告

在地狱之门，比约一行就地休息，本想养精蓄锐、重整旗鼓，以便精神抖擞地进入地狱，没想到正好陷入了地狱的"前厅妖术"。"前厅妖术"是一种以梦魇般的致命倦怠，阻止人们进入地狱的强大巫术。尽管比约成功唤醒柯迪和斯瓦托，强行率领大家突入地狱，但西格丽德一直处于昏睡状态。

进入地狱后，比约第一时间遇见的正是爷爷希奥古的幽灵。原来，希奥古在地狱之门前的断然离开，是为了考验比约及其随行人员，比约不禁怨怒大起。希奥古厉声呵止比约，指出比约此行，不仅对他们自己而言完全没有胜算，而且对身为幽灵的爷爷而言也是万分险恶。假如地狱女王玛玛菲嘉得知希奥古为他们提供了帮助，她的惩罚将是万劫不复的深渊！在比约与爷爷唇枪舌剑之时，西格丽德仍然昏睡不醒。希奥古立刻从空中俯冲进入西格丽德的身体，驱除了潜伏在她体内的鼻涕蛇。但是，鼻涕蛇专门寄生在生命体之内，去有踪来无影，此后比约一行人人未得幸免此蛇寄生。

西格丽德刚刚苏醒，斯瓦托又被灰焰之霜缠身，瞬间冰冻！希奥古爷爷不仅束手无策，而且又突然紧急告辞，再次消失。在这危机四伏的地狱第一层，比约身为莫菲尔的直觉几乎失灵。他遭遇愤怒的熊头鲸围攻，连神奇的提尔锋也被一口吞掉！在他们的必经之地，还埋伏着吸血石貂、巨型碾压怪，阴森无声的死亡之熊；还有敌友难辨的地狱居民佩切格人和糙泥人。在迷障重重的幽灵城，守门者百岁恶狼竟然直视着比约暴亡，从它的牙缝里恶狠狠地蹦出两个字："比约……"

请看《英雄比约》系列第三集：

《惊魂地狱第一层》

图书在版编目（CIP）数据

地狱之门 /（比）拉瓦谢里著；余轶译 . -- 武汉：
长江少年儿童出版社，2015.4
（英雄比约；2）
ISBN 978-7-5560-1109-4

Ⅰ . ①地… Ⅱ . ①拉… ②余… Ⅲ . ①儿童文学 – 长
篇小说 – 比利时 – 现代 Ⅳ . ① I564.84

中国版本图书馆 CIP 数据核字 (2014) 第 173278 号

英雄比约

地狱之门

原　　著	【比】托马斯·拉瓦谢里
译　　者	余　轶
项目策划	李　虹
责任编辑	单定平
插　　图	蛋蛋工作室
排　　版	北京瑞者达图文制作中心

出 品 人	李　兵
出版发行	长江少年儿童出版社
电子邮件	hbcp@vip.sina.com
经　　销	新华书店湖北发行所
承 印 厂	北京中科印刷有限公司
规　　格	889mm×1194mm
开本印张	32 开　8.25 印张
版　　次	2015 年 4 月第 1 版　2015 年 4 月第 1 次印刷
书　　号	ISBN 978-7-5560-1109-4
定　　价	22.00 元

业务电话	（027）87679179　87679199
网　　址	Http://www.hbcp.com.cn